Y DECHREUAD DRWG

Cyfres o Ddigwyddiadau Anffodus
LLYFR Y CYNTAF

Y DECHREUAD DRWG

gan Lemony Snicket
Lluniau gan Brett Helquist
Addasiad gan Aled Islwyn

DREF WEN

Cyhoeddwyd 2014 gan Wasg y Dref Wen,
28 Ffordd yr Eglwys, Yr Eglwys Newydd,
Caerdydd CF14 2EA, ffôn 029 20617860.
Cyhoeddwyd gyntaf yn America yn 1999
gan HarperCollins Children's Books Cyf,
dan y teitl *The Bad Beginning*

Noddwyd gan Lywodraeth Cynulliad Cymru.

Argraffwyd a rhwymwyd ym Mhrydain

I Beatrice

PENNOD

Un

Os mai storïau sy'n gorffen yn hapus sy'n mynd â'ch bryd chi, gwell ichi ddarllen rhyw lyfr arall. Yn y llyfr hwn, nid yn unig does dim diweddglo hapus, does dim dechrau hapus chwaith, a phrin iawn yw'r pethau hapus yn y canol. Y rheswm dros hyn yw mai prin iawn oedd y pethau hapus a ddigwyddai ym mywydau tri phlentyn y Baudelairiaid. Roedd Violet, Klaus a Sunny Baudelaire yn blant deallus, swynol, medrus, gyda wynebau dymunol. Ond roedden nhw'n hynod o anffodus, gyda phethau'n mynd o chwith, a diflastod ac anobaith yn rhan annatod o bron popeth oedd yn digwydd iddynt. Mae'n flin gen i ddweud hyn wrthych, ond stori felly yw hi.

Dechreuodd eu hanffawd un diwrnod ar Draeth

Briny. Gyda'u rhieni, mewn plasty enfawr reit ynghanol dinas front a phrysur, trigai'r tri phlentyn, ac, yn achlysurol, byddai'r rhieni'n caniatáu iddyn nhw gymryd tram simsan – byddwch yn gwybod, mae'n siŵr, fod "simsan" yma'n golygu "bregus" a "bron â syrthio'n ddarnau" – i'w cludo i'r traeth, lle bydden nhw'n cael treulio'r diwrnod fel gwyliau byr, dim ond iddyn nhw ddod adre i swper. Cymylog a diflas oedd hi'r bore arbennig hwnnw, ond doedd y plant yn poeni'r un iot am hynny. Pan fyddai'n boeth ac yn heulog, byddai Traeth Briny dan ei sang – byddwch yn gwybod, mae'n siŵr, fod "dan ei sang" yn golygu "yn llawn pobl" a "dim lle i droi" – ac roedd hi'n amhosibl dod o hyd i le da i roi eich tywel i lawr ar ddiwrnod felly. Ond ar ddiwrnod cymylog a diflas, câi'r Baudelairiaid y traeth iddyn nhw eu hunain, i wneud fel y mynnon nhw.

Violet Baudelaire oedd yr hynaf o'r plant ac roedd hi'n hoff o daflu cerrig mân ar draws wyneb y dŵr. Merch law dde oedd hi, fel y rhan fwyaf o bobl ifanc pedair ar ddeg oed, ac o'r herwydd roedd y cerrig yn neidio ymhellach ar hyd wyneb y dŵr pan fyddai'n defnyddio'i llaw dde na phan fyddai'n defnyddio'i llaw chwith. Wrth wneud hyn, edrychai tua'r gorwel gan feddwl am ddyfais yr oedd hi am ei chreu. Gwyddai pawb oedd yn nabod Violet yn syth pan fyddai hi wrthi'n meddwl yn galed, achos byddai ei gwallt wedi'i glymu â rhuban i'w gadw allan o'i llygaid. Roedd hi'n giamstar ar greu dyfeisiadau rhyfedd; felly roedd ei phen yn aml yn llawn pwlis, dolenni a gêrs, a doedd hi ddim am i rywbeth mor ddibwys â'i gwallt dorri ar draws ei meddyliau. Y bore arbennig hwn, roedd ei bryd ar greu dyfais a allai ddod â cherrig llyfn yn ôl atoch ar ôl ichi eu taflu i'r cefnfor.

Klaus Baudelaire oedd y plentyn canol, a'r unig fachgen. Roedd e'n hoffi astudio'r creaduriaid oedd yn byw yn y pyllau dŵr ar hyd y traeth. Gwisgai Klaus sbectol ac roedd wedi troi'r deuddeg oed. Gwnâi'r sbectol iddo edrych yn ddeallus. Roedd e *yn* ddeallus. Yn eu plasty, roedd gan y Baudelairiaid lyfrgell anferth; ystafell llawn llyfrau ar bron bob pwnc dan haul. Gan mai dim ond deuddeg oedd Klaus, doedd e ddim wedi darllen pob llyfr yn y llyfrgell eto, ond

roedd wedi darllen peth wmbreth ohonyn nhw –
byddwch yn gwybod, mae'n siŵr, fod "peth
wmbreth" yma'n golygu "llawer iawn iawn" – ac
roedd ganddo lawer o wybodaeth ar gof a chadw.
Gwyddai sut i wahaniaethu rhwng aligator a
chrocodeil. Gwyddai pwy oedd mam Dewi Sant. A
gwyddai lawer am y creaduriaid pitw, llysnafeddog yr
oedd e wrthi'n eu harchwilio ar hyn o bryd.

Hoffai Sunny Baudelaire, yr ieuengaf o'r plant,
gnoi pethau. Babi oedd hi, ac roedd hi'n fach iawn
am ei hoedran, fawr mwy nag esgid. Ond gwnâi
iawn am fod mor fach o gorff trwy faint a
miniogrwydd ei phedwar dant. Oherwydd oedran
Sunny, cyfres o sgrechiadau annealladwy oedd
siarad iddi, gan fwyaf. Ar wahân i ambell air go
iawn yn ei geirfa, fel "cnoi", "potel" a "mam",
doedd gan neb fawr o glem am beth roedd Sunny'n
sôn. Er enghraifft, y bore hwnnw roedd hi'n dweud
"Gac!" drosodd a throsodd, a oedd mwy na thebyg
yn golygu, "Edrychwch ar y dyn dieithr sy'n dod
trwy'r niwl!"

Yn siŵr i chi, trwy'r niwlen lwyd dros Draeth

Briny, dyna lle roedd ffigwr tal i'w weld, yn brasgamu tuag at y plant. Roedd Sunny eisoes wedi bod yn rhythu a gweiddi ar y dyn am rai eiliadau cyn i Klaus godi'i lygaid oddi ar y cranc esgyrnog oedd yn mynd â'i sylw ar y pryd, a'i weld hefyd. Estynnodd ei law, gan gyffwrdd â braich Violet, a tharfu ar y dyfeisio yn ei phen.

"Edrych!" meddai Klaus, gan bwyntio at y dyn. Deuai'n nes a gallai'r plant weld yn gliriach. Roedd e tua maint oedolyn, ond fod ei ben e'n dal a braidd yn sgwâr.

"Beth wyt ti'n meddwl yw e?" gofynnodd Violet.

"Wn i ddim," atebodd Klaus, gan rythu arno'n ofalus, "ond mae e'n dod yn syth tuag aton ni."

"Dim ond ni sydd ar y traeth," meddai Violet, braidd yn nerfus. "Does neb arall y gall e fynd ato." Yn ei llaw chwith, teimlodd y garreg fain roedd hi wedi bod ar fin ei thaflu cyn belled ag y gallai dros wyneb y dŵr. Cododd y syniad yn ei phen i daflu'r garreg at y dyn, am ei fod e'n codi braw arni.

"Dim ond edrych yn frawychus mae e," meddai Klaus, fel petai'n darllen meddwl ei chwaer, "am ei fod e'n dod trwy'r niwl."

Roedd hyn yn wir. Wrth i'r dyn ddod yn nes, gallai'r plant weld mewn rhyddhad nad neb i'w ofni oedd y ffigwr yn y niwl, ond rhywun yr oedden nhw'n ei nabod: Mr Poe. Roedd Mr Poe yn ffrind i Mr a Mrs Baudelaire ac roedd y plant wedi cwrdd ag e sawl tro pan fyddai'n dod i swpera gyda nhw. Un o'r pethau roedd Violet, Klaus a Sunny yn ei hoffi'n arbennig am eu rhieni oedd nad oedden nhw'n danfon y plant o'r golwg pan fyddai cwmni'n galw. Yn hytrach, roedden nhw'n gadael iddyn nhw ymuno â'r oedolion wrth y bwrdd swper a chymryd rhan yn y sgwrs, dim ond iddyn nhw helpu i glirio'r bwrdd wedyn. Cofiai'r plant Mr Poe yn arbennig am fod annwyd tragwyddol arno a byddai'n gadael y bwrdd byth a beunydd i fynd i besychu yn yr ystafell nesaf.

Cododd Mr Poe ei het – dyna beth oedd wedi gwneud i'w ben edrych mor fawr yn y niwl – a safodd yno am foment yn pesychu'n swnllyd i hances boced wen. Camodd Violet a Klaus tuag ato i ysgwyd ei law a gofyn sut oedd e.

"Sut ydach chi?" meddai Violet.

"Sut ydach chi?" meddai Klaus.

"Sachi!" meddai Sunny.

"Iawn, diolch," meddai Mr Poe, ond roedd golwg drist iawn arno. Am rai eiliadau, ddywedodd neb ddim, ac roedd y plant yn ceisio dyfalu beth oedd Mr Poe yn ei wneud yno ar Draeth Briny, pan ddylai e fod yn y banc yn y ddinas, lle roedd e'n gweithio. Doedd e ddim yn gwisgo dillad glan môr.

"Mae'n ddiwrnod braf," meddai Violet o'r diwedd, gan geisio codi sgwrs. Gwnaeth Sunny sŵn tebyg i aderyn oedd wedi digio am rywbeth, a chododd Klaus hi yn ei freichiau.

"Ydy, mae'n ddiwrnod braf iawn," cytunodd Mr Poe yn ddryslyd, gan syllu draw ar y traeth gwag. "Mae arna i ofn fod gen i newyddion drwg iawn i chi, blant."

Edrychodd y plant arno. Teimlai Violet yn chwithig wrth iddi sylweddoli fod y garreg yn dal yn ei llaw chwith ac roedd hi'n falch iawn nad oedd wedi'i thaflu at Mr Poe wedi'r cwbl.

"Mae eich rhieni wedi mynd i'w tranc mewn tân

dychrynllyd," meddai Mr Poe.

Ddywedodd y plant 'run gair.

"Maen nhw wedi mynd i'w tranc," meddai Mr Poe, "mewn tân sydd wedi dinistrio'r tŷ yn llwyr. Rwy mor, mor flin fy mod yn gorfod dweud hyn wrthych, blantos bach."

Tynnodd Violet ei llygaid oddi ar Mr Poe a rhythodd ar y môr. Doedd Mr Poe erioed wedi galw'r plant Baudelaire yn "blantos bach" o'r blaen. Gallai ddeall y geiriau roedd e wedi'u defnyddio yn iawn, ond tybiodd mai tynnu coes oedd e – tynnu coes ei brawd a'i chwaer a hithau mewn ffordd ddychrynllyd.

"Mae dweud eu bod nhw 'wedi mynd i'w tranc' yn golygu eu bod nhw wedi marw," meddai Mr Poe.

"Ry'n ni'n *gwybod* beth yw ystyr 'mynd i'w tranc'," meddai Klaus yn ddig. Er ei fod e'n gwybod ystyr y geiriau, câi hi'n anodd deall beth yn union roedd Mr Poe newydd ei ddweud. Credai fod rhyw gam-ddealltwriaeth wedi bod.

"Fe ddaeth y dynion tân, wrth gwrs," eglurodd Mr Poe, "ond roedden nhw'n rhy hwyr. Roedd y tŷ i gyd yn wenfflam. Mae e wedi llosgi'n ulw."

Gallai Klaus ddychmygu'r holl lyfrau yn y llyfrgell yn fflamau eirias. Châi e mo'r cyfle nawr i'w darllen nhw i gyd.

Pesychodd Mr Poe sawl gwaith i mewn i'w hances cyn parhau: "Ces fy nanfon i'ch casglu oddi yma a'ch cymryd i fy nghartre i. Cewch aros yno am sbel, tra bo ni'n rhoi trefn ar bethau. Fi yw sgutor ystad eich rhieni. Ystyr hynny yw mai fi sy'n gyfrifol am eu ffortiwn anferth ac am benderfynu beth i'w wneud â chi blant. Pan ddaw Violet yn oedolyn, chi fydd biau'r ffortiwn wedyn, ond tan hynny, y banc sy'n gyfrifol."

Er iddo ddweud mai ef oedd y sgutor, teimlai Violet mai Mr Poe oedd y saethwr. Roedd e newydd gerdded i lawr y traeth a saethu'r byd roedd hi'n gyfarwydd ag ef i ebargofiant.

"Dewch 'da fi," meddai Mr Poe, gan estyn ei law. Er mwyn gallu cydio ynddi, bu'n rhaid i Violet ollwng y garreg o'i gafael. Cymerodd Klaus law arall Violet a chan ddal yn dynn yn Sunny, dyna sut y cerddodd y tri phlentyn Baudelaire – y tri amddifad

Baudelaire yn awr – o'r traeth ac o'r bywyd a fu ganddynt cynt.

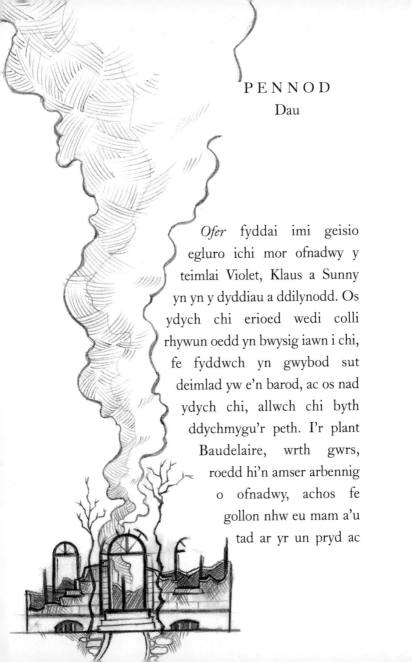

Ofer fyddai imi geisio egluro ichi mor ofnadwy y teimlai Violet, Klaus a Sunny yn yn y dyddiau a ddilynodd. Os ydych chi erioed wedi colli rhywun oedd yn bwysig iawn i chi, fe fyddwch yn gwybod sut deimlad yw e'n barod, ac os nad ydych chi, allwch chi byth ddychmygu'r peth. I'r plant Baudelaire, wrth gwrs, roedd hi'n amser arbennig o ofnadwy, achos fe gollon nhw eu mam a'u tad ar yr un pryd ac am sawl diwrnod roedden nhw'n teimlo mor ddiflas, prin y gallen nhw godi o'r gwely. Collodd Klaus ei ddiddordeb mewn llyfrau. Daeth y gêrs yn ymennydd dyfeisgar Violet i stop. Ac er nad oedd Sunny, mewn gwirionedd, yn ddigon hen i lwyr sylweddoli beth oedd wedi digwydd, doedd hithau chwaith ddim fel petai hi'n cnoi gyda'r un awch – byddwch yn gwybod, mae'n siŵr, fod "awch" yma'n golygu "blas" neu "miniogrwydd".

Wrth gwrs, doedd y ffaith iddyn nhw golli eu cartref a'u holl eiddo ddim yn gwneud pethau'n haws chwaith. Fel rydych chi'n gwybod yn barod, rwy'n siŵr, gall bod yn eich ystafell eich hun, yn eich gwely eich hun, wneud sefyllfa gas yn haws ei goddef yn aml, ond roedd gwelyau'r plant amddifad Baudelaire wedi llosgi'n ulw.

Aeth Mr Poe â nhw i weld gweddillion eu plasty a bu hynny'n brofiad erchyll: roedd meicrosgop Violet wedi troi'n un stwnsh o fetal a phlastig, dim ond lludw oedd ar ôl o hoff ysgrifbin Klaus ac roedd yr holl deganau y byddai Sunny yn eu rhoi yn ei cheg i ymarfer cnoi wedi toddi hefyd. Hwnt ac yma, gallai'r plant weld olion o'r cartref anferth roedden nhw wedi'i garu; darnau o'u piano crand, potel osgeiddig lle byddai Mr Baudelaire yn arfer cadw'r brandi, y clustog llosgedig yr oedd eu mam yn hoffi eistedd arno yn sil y ffenestr i ddarllen.

Gyda'u cartref wedi'i ddinistrio, gorfodwyd y plant Baudelaire i ddod dros eu colled yn nhŷ Mr Poe, a doedd hynny ddim yn braf o gwbl. Prin yr oedd Mr Poe ei hun byth gartref, gan ei fod yn brysur iawn yn edrych ar ôl buddiannau'r Baudelairiaid, a phan fyddai gartref, byddai gan amlaf yn pesychu cymaint, roedd hi'n anodd iawn cynnal sgwrs ag ef. Prynodd Mrs Poe ddillad o liwiau erchyll i'r amddifaid oedd yn cosi'n arw. Ar ben hynny, dau fachgen cyfoglyd ac uchel eu cloch oedd plant Mr a Mrs Poe. Edgar ac Albert oedd eu henwau a bu'n rhaid i'r Baudelairiaid rannu llofft fechan gyda'r ddau, a honno'n drewi o ryw flodau atgas.

Ond hyd yn oed o ystyried eu hamgylchiadau, cymysg iawn oedd teimladau'r plant pan gyhoeddodd Mr Poe un noson – a hwythau i gyd ar ganol cinio diflas o gyw iâr wedi'i ferwi, tatws wedi'u berwi a ffa

Ffrengig wedi'u berwi – y byddai'r plant Baudelaire yn gadael y tŷ bore drannoeth.

"Da hynny," meddai Albert, oedd â darn o daten yn sownd rhwng ei ddannedd ar y pryd. "Nawr, gallwn ni gael ein llofft yn ôl. Rwy wedi 'laru ar rannu. Dyw Violet a Klaus byth yn gwneud dim byd ond grwgnach. 'Dyn nhw ddim yn hwyl o gwbl."

"Ac mae'r babi'n cnoi," meddai Edgar, gan daflu un o esgyrn y cyw iâr i'r llawr fel petai e'n anifail mewn sw, yn hytrach nag yn fab i aelod parchus o'r gymuned fancio.

"I ble'r awn ni?" gofynnodd Violet yn bryderus.

Agorodd Mr Poe ei geg i ddweud rhywbeth, ond ffrwydrodd mewn pwl byr o beswch. "Rwy wedi gwneud trefniadau," llwyddodd i ddweud o'r diwedd, "ichi gael eich magu gan berthynas pell sy'n byw yr ochr arall i'r dref. Ei enw yw Iarll Olaf."

Edrychodd Violet, Klaus a Sunny ar ei gilydd, heb wybod yn iawn beth i'w feddwl. Ar y naill law, doedden nhw ddim am fyw gyda'r Poeiaid mwyach. Ar y llaw arall, chlywson nhw erioed sôn am Iarll Olaf a wydden nhw ddim beth i'w ddisgwyl.

"Yn ôl yr ewyllys," meddai Mr Poe, "roedd eich rhieni am ichi gael eich magu yn y modd mwyaf hwylus posibl. Yma, o fewn ffiniau'r ddinas, byddwch yn gyfarwydd â'ch amgylchedd, a Iarll Olaf 'ma yw'r unig berthynas sydd 'da chi yn y cyffiniau."

Pendronodd Klaus dros hyn am funud, wrth lyncu darn o hen ffeuen wydn. "Ond soniodd mo'n rhieni ni erioed am yr un Iarll Olaf. Sut mae e'n perthyn inni'n union?"

Ochneidiodd Mr Poe ac edrychodd i lawr ar Sunny oedd yn cnoi fforc gan wrando'n astud. "Mae e naill ai'n drydydd cefnder ar ochr eich mam neu'n bedwerydd cefnder ar ochr eich tad. Nid fe yw'ch perthynas agosaf trwy waed, ond fe yw'r agosaf yn ddaearyddol. Dyna pam …"

"Os yw'n byw ar gyrion y ddinas, pam na chafodd e ei wahodd draw i'r tŷ?" holodd Violet.

"Am ei fod e'n ddyn prysur iawn, efallai," atebodd Mr Poe. "Actor yw e wrth ei waith bob dydd ac mae'n aml yn teithio'r byd gyda gwahanol gwmnïau theatr."

"Rown i'n meddwl mai iarll oedd e," meddai Klaus.

"Mae e'n iarll ac yn actor," atebodd Mr Poe. "Nawr, dw i ddim am amddifadu neb o weddill ei ginio, ond rhaid i chi'ch tri hel eich pethau ac mae'n rhaid i minnau fynd yn ôl i'r banc i wneud mwy o waith. Fel eich gwarchodwr cyfreithiol newydd, rydw innau'n ddyn prysur iawn fy hun."

Roedd gan y plant Baudelaire lawer o gwestiynau eraill i Mr Poe, ond roedd hwnnw eisoes wedi sefyll ar ei draed a gadael yr ystafell, gan ryw led-chwifio'i law wrth fynd. Y peth nesa glywson nhw oedd pesychiad cas a sŵn drws y ffrynt yn cau'n glep wrth iddo adael.

"Gwell i chi'ch tri ddechrau pacio 'te," meddai Mrs Poe. "Edgar ac Albert, fe gewch chi roi help llaw i mi glirio'r bwrdd."

Aeth yr amddifaid Baudelaire i'r ystafell wely gyfyng i gasglu'u heiddo prin ynghyd. Gwgodd Klaus ar bob crys hyll a brynodd Mrs Poe iddo, cyn eu plygu a'u rhoi yn y bag. Cripiodd Sunny o gwmpas y llawr yn cnoi pob pâr o esgidiau oedd gan Edgar ac Albert. Gydag olion dannedd Sunny ar bob esgid, doedden nhw ddim yn debygol o'i hanghofio hi ar ôl iddi adael. Edrychodd Violet o gwmpas yr hen ystafell ddrewllyd ac yna, bob hyn a hyn, edrychai'r tri ar ei gilydd ond, gan fod eu dyfodol yn ddirgelwch llwyr, allen nhw ddim meddwl am ddim byd i'w ddweud.

Pan ddaeth hi'n amser mynd i'r gwely, fedren nhw ddim cysgu, yn rhannol am fod Edgar ac Albert yn chwyrnu, ond hefyd am fod y tri ohonynt yn hel meddyliau. O'r diwedd, curodd Mr Poe ar ddrws y llofft, a chan roi'i ben i mewn, meddai: "Bore da, Baudelairiaid! Mae'n amser ichi fynd at Iarll Olaf."

"Oes raid inni fynd yr union eiliad hon?" gofynnodd Violet. Edrychai o gwmpas yr ystafell orlawn wrth siarad, ac er cymaint roedd hi'n ei chasáu, yn sydyn, doedd Violet ddim yn awyddus iawn i'w gadael.

Agorodd Mr Poe ei geg i siarad, ond bu'n rhaid iddo beswch sawl gwaith cyn dechrau. "Oes, mae'n rhaid ichi. Rwy'n mynd i'ch gadael gyda'r Iarll ar y ffordd i'r banc, felly rhaid gadael cyn gynted â phosibl. Codwch a gwisgwch, os gwelwch yn dda," meddai'n swta. Mae'r gair "swta" yma'n golygu "yn gyflym, er mwyn cael y plant Baudelaire i adael y tŷ".

Gadawodd y Baudelairiaid y tŷ. Bustachodd car modur Mr Poe ar hyd y strydoedd caregog tuag at y rhan o'r ddinas lle trigai Iarll Olaf. Fe basion nhw gerbydau'n cael eu tynnu gan geffylau a beiciau modur ar Rodfa'r Rhigolau. Fe aethant heibio'r Ffynnon Anwadal, cofeb gerfiedig rwysgfawr oedd yn poeri dŵr bob yn awr ac yn y man a lle byddai plant weithiau'n chwarae. Fe aethon nhw heibio'r domen anferth o faw lle yr arferai'r Gerddi Brenhinol fod. Cyn bo hir, gyrrodd Mr Poe ei gar i lawr lôn gul gyda thai o frics llwyd o bobtu iddi, a stopiodd hanner ffordd.

"Dyma ni," dywedodd Mr Poe mewn llais a oedd, heb os, i fod i swnio'n siriol. "Eich cartref newydd."

Edrychodd y plant Baudelaire i gyfeiriad y tŷ tlysaf ar y stryd. Roedd y brics wedi'u glanhau'n lân a thrwy'r ffenestri llydan, agored, gallen nhw weld amrywiaeth o blanhigion taclus. Yn sefyll yn y fynedfa, gyda'i llaw ar fwlyn disglair y drws, roedd gwraig mewn oed, wedi'i gwisgo'n smart ac yn gwenu ar y plant. Yn ei llaw arall, roedd planhigyn mewn pot blodau.

"Hylô 'na!" gwaeddodd. "Rhaid mai chi yw'r plant mae Iarll Olaf wedi'u mabwysiadu."

Agorodd Violet ddrws y car modur a chamu allan i ysgwyd llaw y wraig. Roedd honno'n gadarn ac yn gynnes ac, am y tro cyntaf ers sbel, teimlai Violet y gallai ei bywyd hi a'i brawd a'i chwaer fod yn llawen wedi'r cwbl. "Ie," atebodd. "Dyna pwy ydyn ni. Fi yw Violet Baudelaire a dyma fy mrawd, Klaus, a fy chwaer, Sunny. A dyma Mr Poe, sydd wedi bod yn trefnu popeth ar ein cyfer ers marwolaeth ein rhieni."

"Do, fe glywais am y ddamwain," meddai'r wraig, tra oedd pawb yn gofyn 'Sut ydych chi?' i'w gilydd. "Y fi yw Ustus Strauss."

"Dyna enw cyntaf anghyffredin," nododd Klaus.

"Dyna fy nheitl," eglurodd, "nid fy enw cyntaf. Rwy'n gwasanaethu fel barnwr yn yr Uchel Lys."

"Dyna ddiddorol," dywedodd Violet. "Ai chi yw gwraig Iarll Olaf?"

"Bobol bach! Nage wir!" meddai Ustus Strauss. "A dweud y gwir, dw i ddim yn ei nabod e mor dda â hynny. Fy nghymydog i yw e."

Tynnodd y plant eu golygon oddi ar dŷ glân Ustus

Strauss i'r tŷ siang-di-fang drws nesaf. Roedd y brics wedi'u pardduo gan huddyg a baw. Dim ond dwy ffenestr fechan oedd yna, ac roedd llenni'r ddwy ar gau, er eu bod hi'n ddiwrnod braf. Yn codi uwchben y tŷ roedd twr budr a oleddai fymryn i'r chwith. Roedd angen ailbeintio drws y ffrynt yn druenus ac wedi ei cherfio yn ei ganol roedd delw o lygad. Gwyrai'r adeilad cyfan wysg ei ochr, fel dant cam.

"O!" meddai Sunny, ac fe wyddai pawb beth oedd ganddi mewn golwg. Roedd hi'n golygu, "Am le ofnadwy! Dw i ddim am fyw yn y tŷ 'na o gwbl!"

"Wel, roedd yn braf eich cyfarfod," meddai Violet wrth Ustus Strauss.

"Oedd wir," meddai Ustus Strauss, gan daflu cip ar ei phot blodau. "Efallai y gallech chi ddod draw i roi help llaw imi gyda'r ardd un diwrnod."

"Byddai hynny'n braf iawn," meddai Violet yn drist. Fe fyddai, wrth gwrs, yn braf iawn cael rhoi help llaw i Ustus Strauss gyda'i garddio, ond brafiach fyth, tybiodd, fyddai cael byw yn ei thŷ, yn hytrach nag yn nhŷ Iarll Olaf. Pa fath o ddyn, holodd Violet ei hun, fyddai'n cerfio delw o lygad ar ddrws y ffrynt?

Cododd Mr Poe ei het i gyfeiriad Ustus Strauss a gwenodd hithau ar y plant cyn diflannu i'w thŷ bendigedig. Camodd Klaus ymlaen a churo ar ddrws Iarll Olaf, gan daro'i ddwrn yn union ynghanol y llygad cerfiedig. Cafwyd ennyd o ddistawrwydd ac yna agorodd y drws gyda gwich, a gwelodd y plant Iarll Olaf am y tro cyntaf.

"Hylô, hylô, hylô!" sibrydodd Iarll Olaf fel petai'n fyr ei wynt. Roedd e'n dal ac yn denau iawn a gwisgai siwt lwyd gyda nifer o staeniau du arni. Doedd e ddim wedi eillio, ac yn hytrach na chael un ael uwchben pob llygad, fel pawb arall, dim ond un fawr hir oedd ganddo fe. Roedd ei lygaid yn hynod o sgleiniog a gwnâi hynny iddo edrych fel petai'n llwgu ac yn grac. "Hylô, fy mhlant. Dewch i mewn i'ch cartref newydd, a sychwch eich traed tu fas i wneud yn siŵr na ddaw llaid i mewn i'r tŷ."

Wrth iddyn nhw gamu i mewn, gyda Mr Poe wrth eu sodlau, sylweddolai'r plant Baudelaire mor wirion oedd yr hyn roedd Iarll Olaf newydd ei ddweud. Yr ystafell y cerddon nhw i mewn iddi oedd yr ystafell fwyaf budr a welson nhw erioed, ac ni fyddai mymryn

o laid o'r tu allan wedi gwneud iot o wahaniaeth iddi.
Hyd yn oed yng ngolau'r un bỳlb trydan noeth oedd
yn hongian o'r nenfwd, gallai'r tri phlentyn weld fod
popeth yn yr ystafell hon yn fochaidd, o'r pen llew
wedi'i stwffio a hoeliwyd i'r wal, i'r fowlen o galonnau
afalau a safai ar fwrdd pren bychan. Gorfododd Klaus
ei hun i beidio â chrio wrth iddo edrych o'i gwmpas.

"Mae'r ystafell hon yn edrych fel petai angen sylw
arni," meddai Mr Poe, wrth rythu drwy'r gwyll.
Byddwch yn gwybod, mae'n siŵr, fod "gwyll" yma'n
golygu "diflastod, llwydni a llwch".

"Mi wn nad yw fy nghartref gwyliadd mor grand â
phlasty'r Baudelairiaid," atebodd Iarll Olaf, "ond
gyda chymorth peth o'ch arian, efallai y gallwn ni ei
dwtio fymryn."

Agorodd llygaid Mr Poe yn llydan mewn syndod
ac adleisiodd ei besychiad drwy'r ystafell dywyll cyn
iddo siarad: "Ni chaiff ffortiwn y Baudelairiaid,"
dywedodd yn chwyrn, "ei defnyddio at ddim o'r fath
beth. Yn wir, ni chaiff ei defnyddio o gwbl tan i Violet
gyrraedd oedran oedolyn."

Trodd Iarll Olaf at Mr Poe â'i lygaid yn pefrio fel

ci cynddeiriog. Am eiliad, tybiodd Violet ei fod ar fin bwrw Mr Poe ar draws ei wyneb. Ond yna llyncodd ei boer a gallai'r plant weld ei afal freuant yn symud i fyny ac i lawr yn ei wddf tenau – a chododd ei ysgwyddau'n ddi-hid.

"O'r gorau 'te!" meddai. "Does fawr o wahaniaeth am hynny. Diolch ichi, Mr Poe, am ddod â nhw yma. Blant, fe wna i ddangos eich ystafell ichi nawr."

"Hwyl fawr, Violet, Klaus a Sunny," meddai Mr Poe wrth gamu'n ôl trwy ddrws y ffrynt. "Rwy'n gobeithio y byddwch chi'n hapus iawn yma. Fe fydda i'n dal i'ch gweld yn achlysurol a gallwch gysylltu â mi yn y banc os oes gennych unrhyw gwestiynau."

"Ond 'dyn ni ddim hyd yn oed yn gwybod ble mae'r banc," meddai Klaus.

"Mae gen i fap o'r ddinas," meddai Iarll Olaf. "Da bo chi, Mr Poe."

Caewyd y drws, a chymaint oedd yr anobaith a lethodd y tri amddifad ifanc, chawson nhw ddim hyd yn oed y cyfle i gael un cip olaf ar Mr Poe. Er bod tŷ hwnnw'n drewi o flodau annymunol, byddai wedi bod yn dda gan y tri phlentyn gael aros yno wedi'r cyfan.

Yn hytrach na rhythu ar y drws roedd Mr Poe
newydd ddiflannu trwyddo, edrychodd y
Baudelairiaid tua'r llawr ac er bod Iarll Olaf yn
gwisgo sgidiau, gallent weld nad oedd yn gwisgo
sanau. Yn y gofod o groen llwyd rhwng godre'i
drowsus carpiog a'i sgidiau duon, roedd gan Iarll
Olaf datŵ ar ddelw llygad, tebyg i'r un a gerfiwyd ar
y drws. Tybed sawl llygad arall oedd yn y tŷ,
meddyliodd y tri. Ac a fydden nhw, am weddill eu
bywydau, yn teimlo rywsut fod Iarll Olaf yn eu
gwylio, hyd yn oed pan na fyddai'n agos?

Wn i ddim ydych chi erioed wedi sylwi ar hyn, ond gall ein hargraffiadau cyntaf yn aml fod yn gwbl anghywir. Gallwch edrych ar ddarlun am y tro cyntaf, er enghraifft, heb ei hoffi o gwbl. Ond ar ôl edrych arno am fwy o amser, mae'n bosibl y dewch chi i'w hoffi. Pan flaswch chi ddarn o gaws Gorgonzola am y tro cyntaf, byddwch yn meddwl ei fod yn rhy gryf, mae'n siŵr. Ond pan fyddwch chi'n hŷn, mae'n bosibl na fyddwch chi am fwyta dim byd ond Gorgonzola. Pan gafodd Sunny ei geni, doedd Klaus ddim wedi cymryd ati rhyw lawer, ond erbyn iddi gyrraedd chwe wythnos oed roedd y ddau yn dipyn o fêts. Gall eich barn ar unrhyw beth, bron, newid gydag amser.

Byddai'n dda gen i allu dweud wrthych fod argraffiadau cyntaf y Baudelairiaid o Iarll Olaf a'i dŷ yn anghywir, fel y gall argraffiadau cyntaf fod, mor aml, ond roedd yr argraffiadau hyn – sef bod Iarll Olaf yn berson ofnadwy a bod ei dŷ fel twlc mochyn – yn gwbl gywir. Yn ystod dyddiau cynta'r amddifaid gyda'r Iarll, gwnaeth Violet, Klaus a Sunny eu gorau glas i ymgartrefu yno, ond doedd dim yn tycio. Er bod y tŷ yn dŷ eithaf mawr o ran maint, cafodd y plant eu rhoi gyda'i gilydd mewn un ystafell wely fudr, gyda dim ond un gwely ynddi. Cymerodd Violet a Klaus y gwely am yn ail, oedd yn golygu fod y naill neu'r llall ohonynt yn cysgu ar y llawr pren caled bob nos. Gan fod matras y gwely mor anghysurus, roedd hi'n anodd gwybod pwy gafodd y fargen orau.

Er mwyn gwneud gwely ar gyfer Sunny, tynnodd Violet y llenni oddi ar y darn pren a grogai dros yr unig ffenestr yn yr ystafell wely, a phlethodd nhw'n glustog ar ei chyfer. Golygai hynny nad oedd llenni dros y ffenestr a llifai'r haul drwy'r gwydr craciog bob bore, fel bo'r plant yn deffro'n gynnar ac yn ddolurus bob dydd.

Yn lle cwpwrdd dillad, roedd yno focs mawr oedd wedi dal oergell yn y gorffennol. Nawr, roedd y bocs yn dal dillad y plant, yn un pentwr mawr anniben. Yn lle teganau, llyfrau a phethau eraill i ddifyrru'r plant, roedd Iarll Olaf wedi darparu pentwr bach o gerrig. A'r unig addurn ar y muriau oedd llun mawr hyll o lygad, i gyd-fynd â'r un ar bigwrn Iarll Olaf ac ar hyd a lled y tŷ.

Ond gwyddai'r plant, fel y gwyddoch chithau, rwy'n siŵr, fod modd diodde'r amgylchiadau gwaetha yn y byd os yw'r bobl sydd gyda chi'n ddiddorol a charedig. Doedd Iarll Olaf ddim yn ddiddorol nac yn garedig; roedd e'n anodd i'w blesio, yn fyr ei amynedd ac yn drewi. Yr unig beth da i'w ddweud amdano yw nad oedd o gwmpas yn aml. Ar ôl deffro a dewis eu dillad o focs yr oergell, byddai'r plant yn mynd i'r gegin i weld y rhestr o gyfarwyddiadau roedd Iarll Olaf yn ei gadael iddynt bob dydd. Yn aml, doedd e ddim yn dod yn ôl i'r tŷ tan ganol nos. Byddai allan, neu yn y tŵr mawr tal lle na châi'r plant fynd, am y rhan fwyaf o bob diwrnod.

Gwaith anodd oedd y rhan fwyaf o'r cyfarwyddiadau a adawai'r Iarll, fel ailbeintio'r portsh cefn, neu drwsio'r ffenestri ac yn lle taro'i enw ar waelod y rhestr, byddai'n tynnu llun o lygad.

Un bore, yr hyn a ddywedai'r nodyn oedd, "Bydd criw y theatr yn dod i gael swper cyn perfformiad heno. Rhaid ichi gael swper yn barod ar gyfer y deg ohonynt erbyn iddyn nhw gyrraedd am saith o'r gloch. Prynwch y bwyd, paratowch ef, gosodwch y bwrdd, coginiwch ginio, cliriwch bopeth ar ein holau a chadwch allan o'r ffordd." Ar y gwaelod roedd y llygad arferol ac wrth odre'r nodyn roedd swm bychan o arian i dalu am bopeth.

Darllenodd Violet a Klaus y nodyn wrth fwyta'u brecwast, sef uwd llwydaidd a thalpiog y byddai'r Iarll wedi'i adael ar eu cyfer bob bore mewn sosban fawr ar y stof. Yna, edrychodd y ddau ar ei gilydd mewn syndod.

"Does dim un ohonon ni'n gwybod sut i goginio," dywedodd Klaus.

"Mae hynny'n wir," cytunodd Violet. "Rown i'n gwybod sut i drwsio'r ffenestri a sut i lanhau'r simdde, achos mae pethau felly o ddiddordeb i mi. Ond ar wahân i dost, does gen i ddim syniad sut i baratoi bwyd."

"Mae hyd yn oed y tost wedi'i losgi weithiau," meddai Klaus, a gwenodd y ddau. Cofio'r tro y cododd y ddau yn fore i fynd i lawr i'r gegin i wneud brecwast arbennig i'w rhieni oedd y ddau. Dyna pryd oedd Violet wedi llosgi'r tost. Ac roedd eu rhieni wedi rhedeg i lawr y staer i weld beth oedd yn bod, am eu bod nhw'n gallu gwynto'r tost yn llosgi. Pan welson nhw Violet a Klaus yn sefyll yno'n edrych mor ddiflas ar y tost du, dyma nhw'n chwerthin a chwerthin dros y lle, cyn gwneud crempogau i'r teulu cyfan.

"'Sa'n dda gen i tasen nhw yma," dywedodd Violet, a doedd dim angen iddi egluro mai am eu rhieni roedd hi'n sôn. "Fydden nhw byth wedi gadael inni aros yn y lle ofnadwy 'ma."

"Tasen nhw yma," meddai Klaus, gyda'i lais yn codi'n uwch ac yn uwch wrth iddo ypsetio, "fydden ni ddim gyda Iarll Olaf yn y lle cyntaf. Mae'n *gas* gen i'r lle 'ma, Violet! Mae'n *gas* gen i'r tŷ 'ma! Mae'n *gas* gen i ein hystafell! Mae'n *gas* gen i orfod gwneud yr holl jobsys 'ma ac mae'n *gas* gen i Iarll Olaf!"

"Dw inne'n eu casáu nhw hefyd," cytunodd Violet ac edrychodd Klaus ar ei chwaer hŷn mewn rhyddhad. Weithiau, gall dweud eich bod chi'n casáu rhywbeth a chael rhywun arall i gytuno â chi fod yn ddigon i wneud ichi deimlo'n well am sefyllfa enbyd. "Rwy'n casáu popeth am ein bywydau ni ar y foment, Klaus," meddai, "ond rhaid inni ddal i wenu a dal i gredu." Ymadrodd y byddai tad y plant yn ei ddefnyddio oedd hwn a'i ystyr oedd "dal i obeithio am y gorau".

"Ti'n iawn," dywedodd Klaus. "Ond mae'n anodd iawn dal i wenu a dal i gredu pan mae Iarll Olaf o gwmpas."

"Jwc!" sgrechiodd Sunny, gan daro'i llwy uwd ar y bwrdd. Gwnaeth hyn i Violet a Klaus edrych drachefn ar y nodyn.

"Efallai y gallwn ni ddod o hyd i lyfr coginio a darllen sut i baratoi bwyd," dywedodd Klaus. "All hi ddim bod mor anodd â hynny i wneud pryd syml."

Treuliodd Violet a Klaus rai munudau'n agor a chau'r cypyrddau yng nghegin Iarll Olaf, ond doedd dim llyfrau coginio i'w gweld yn unman.

"Go brin fod hynny'n sioc," barnodd Violet. "'Dyn ni ddim wedi dod o hyd i lyfr o unrhyw fath yn y tŷ hwn."

"Na, rwy'n gwybod," meddai Klaus yn ddiflas. "Rwy'n gweld eisiau darllen yn fawr iawn. Rhaid inni fynd allan i chwilio am lyfrgell yn fuan."

"Nid heddiw," dywedodd Violet. "Heddiw, rhaid inni goginio ar gyfer deg o bobl."

Yr eiliad honno, curodd rhywun ddrws y ffrynt. Edrychodd Violet a Klaus ar ei gilydd yn nerfus.

"Pwy yn y byd fyddai am ymweld â Iarll Olaf?" tybiodd Violet yn uchel.

"Efallai fod rhywun am ymweld â *ni*," awgrymodd Klaus, heb fawr o obaith yn ei lais. Yn ystod yr amser ers marwolaeth y rhieni Baudelaire, roedd y rhan fwyaf o ffrindiau'r amddifaid wedi encilio, sydd yma'n golygu eu bod nhw "wedi peidio â galw, ysgrifennu a tharo i mewn i'w gweld" ac, o'r herwydd, wedi gwneud y plant Baudelaire yn unig iawn. Wrth gwrs, fyddech chi a fi byth yn gwneud hyn i neb. Ond mae'n wirionedd trist mewn bywyd

fod ffrindiau weithiau'n osgoi person maen nhw'n ei
nabod sy'n galaru, a hynny ar yr union adeg pan mae
ar y person hwnnw eu hangen nhw fwyaf.

Cerddodd Violet, Klaus a Sunny'n araf tuag at
ddrws y ffrynt a rhythu drwy'r twll sbio, oedd ar ffurf
siâp llygad. Roedden nhw wrth eu bodd o weld Ustus
Strauss yn rhythu'n ôl arnynt, ac agorwyd y drws.

"Ustus Strauss!" gwaeddodd Violet. "Dyna braf
eich gweld." Roedd hi ar fin ychwanegu, "Dewch i
mewn," ond sylweddolodd yn sydyn na fyddai Ustus
Strauss am gamu i mewn i'r ystafell dywyll, front.

"Maddeuwch imi am beidio â galw ynghynt,"
dywedodd Ustus Strauss, wrth i'r Baudelairiaid sefyll
yn lletchwith yn y drws. "Dw i wedi bod eisiau gweld
sut rydych chi blant wedi setlo i lawr, ond roedd gen
i achos anodd iawn yn yr Uchel Lys sydd wedi
cymryd y rhan fwyaf o'm hamser."

"Pa fath o achos oedd e?" gofynnodd Klaus. Gan ei
fod wedi'i amddifadu o ddarllen, roedd yn awchu am
wybodaeth newydd.

"Alla i mo'i drafod e," meddai Ustus Strauss, "am
mai busnes swyddogol yw e. Ond fe alla i ddweud

wrthych ei fod yn ymwneud â phlanhigyn gwenwynig a defnydd anghyfreithlon o gerdyn credyd rhywun."

"Igob!" sgrechiodd Sunny, oedd yn ymddangos fel petai'n golygu "Diddorol iawn!", er nad oes modd yn y byd y gallai Sunny ddeall yr hyn a ddywedwyd.

Edrychodd Ustus Strauss i lawr ar Sunny, gan chwerthin a dweud, "Igob yn wir". Rhoddodd ei llaw ar ben y plentyn a chymerodd Sunny hi a'i chnoi yn ysgafn.

"Mae hynny'n golygu ei bod hi yn hoff ohonoch," eglurodd Violet. "Os nad yw hi'n hoff o berson, neu os ydych chi'n ceisio ei rhoi yn y bath, mae hi'n cnoi'n galed iawn iawn."

"Nawr 'te," meddai Ustus Strauss. "Sut dach chi blant yn dod yn eich blaenau? Oes angen unrhyw beth arnoch chi?"

Edrychodd y plant ar ei gilydd, gan feddwl am yr holl bethau yr oedd arnyn nhw eu hangen. Gwely arall, er enghraifft. Crud go iawn i Sunny. Llenni i'r ffenestr yn eu hystafell wely. Cwpwrdd dillad yn lle bocs cardfwrdd. Yn bwysicach oll, roedden nhw angen cael dim byd o gwbl i'w wneud ag Iarll Olaf.

Eu dymuniad pennaf oedd cael bod gyda'u rhieni eto, yn eu cartref go iawn. Ond roedd hynny, wrth gwrs, yn amhosibl. Wrth ystyried y cwestiwn, gostyngodd golygon Violet, Klaus a Sunny tua'r llawr. O'r diwedd, fe siaradodd Klaus.

"Allen ni fenthyg llyfr coginio, os gwelwch yn dda?" gofynnodd. "Mae Iarll Olaf wedi rhoi gorchymyn inni baratoi cinio i'w griw o'r theatr heno ac allwn ni ddim cael gafael ar lyfr coginio yn y tŷ o gwbl."

"Mawredd dad!" meddai Ustus Strauss. "Mae disgwyl i blant baratoi cinio ar gyfer pawb mewn cwmni drama yn gofyn llawer."

"Mae Iarll Olaf yn rhoi llawer o gyfrifoldebau i ni," meddai Violet. Yr hyn roedd hi am ei ddweud oedd, "Dyn drwg iawn yw Iarll Olaf," ond roedd hi'n rhy gwrtais i siarad mor blaen.

"Wel, pam na ddowch chi drws nesaf i 'nhŷ i," dywedodd Ustus Strauss, "i ddewis llyfr coginio sy'n eich plesio chi?"

Cytunodd y plant, gan ddilyn Ustus Strauss drwy'r drws a draw i'w chartref clyd. Tywysodd nhw drwy gyntedd chwaethus yn gwynto o flodau i ystafell enfawr, a phan welson nhw ei chynnwys, bu bron iddyn nhw lewygu, yn enwedig Klaus.

Llyfrgell oedd yr ystafell. Nid llyfrgell gyhoeddus, ond un breifat; hynny yw, casgliad anferth o lyfrau oedd yn perthyn i Ustus Strauss. Roedd yno silffoedd ar silffoedd ohonynt, ar bob wal o'r nenfwd i'r llawr, a mwy o silffoedd ar silffoedd ohonynt ar ganol y llawr. Yr unig le lle nad oedd llyfrau oedd mewn un gornel. Yno roedd cadeiriau a edrychai'n hynod gyfforddus a byrddau pren a goleuadau'n hongian trostynt i'w gwneud yn haws i ddarllen. Er nad oedd y llyfrgell hon cymaint o faint ag un eu rhieni, roedd y plant, serch hynny, wedi dotio.

"Nefoedd!" meddai Violet. "Dyma beth yw llyfrgell fendigedig."

"Diolch yn fawr," meddai Ustus Strauss. "Dw i wedi bod yn casglu llyfrau ers blynyddoedd ac rwy'n falch iawn o 'nghasgliad. Dim ond ichi fod yn ofalus wrth eu trin, mae croeso ichi ddefnyddio unrhyw lyfrau sy'n perthyn i mi, unrhyw bryd. Nawr, mae'r llyfrau coginio draw acw, wrth y wal ddwyreiniol.

Beth am inni gymryd golwg arnyn nhw?"

"Ie," atebodd Violet, "ac yna, os nad oes ots 'da chi, fe hoffwn i edrych ar unrhyw lyfrau sy 'ma ar beirianneg mecanyddol. Mae dyfeisio pethau o ddiddordeb mawr i mi."

"Ac fe hoffwn inne edrych ar lyfrau ar fleiddiaid," meddai Klaus. "Yn ddiweddar, dw i wedi gwirioni ar anifeiliaid gwyllt Gogledd America."

"Yfr!" sgrechiodd Sunny, oedd yn golygu "Peidiwch ag anghofio dewis llyfr llawn lluniau i mi, os gwelwch yn dda!"

Gwenodd Ustus Strauss. "Mae'n hyfryd gweld pobl ifanc yn ymddiddori mewn llyfrau," dywedodd. "Ond yn gyntaf, rwy'n meddwl fod angen inni ddod o hyd i rysáit dda. Chi ddim yn cytuno?"

Cytunodd y plant ac am hanner awr dda, dyna lle buon nhw'n bodio sawl llyfr coginio a argymhellodd Ustus Strauss. A dweud y gwir, roedd y tri amddifad wedi gwirioni cymaint ar fod allan o dŷ Iarll Olaf ac yn y llyfrgell braf hon, fel mai anodd iawn oedd meddwl am goginio o gwbl. Ond o'r diwedd, fe ddaeth Klaus o hyd i bryd o fwyd a swniai'n flasus dros ben ac yn hawdd i'w baratoi.

"Gwrandewch ar hyn," meddai. "'Puttanesca.' Saws Eidalaidd ar gyfer pasta yw e. Y cyfan sy'n rhaid inni ei wneud yw ffrio olewydd, caprys, brwyniaid, garlleg, persli a thomatos mewn dysgl, ac yna paratoi sbageti i fynd 'dag e."

"Ydy, mae e'n swnio'n ddigon hawdd," cytunodd Violet ac edrychodd yr amddifaid Baudelaire ar ei gilydd. Gydag Ustus Strauss yn wraig drws nesaf garedig a llyfrgell dda wrth law, efallai y byddai gwneud bywyd dymunol iddyn nhw eu hunain yr un mor hawdd â gwneud saws puttanesca i Iarll Olaf.

PENNOD
Pedwar

Ysgrifennodd yr amddifaid Baudelaire y rysáit ar ddarn o hen bapur, a bu Ustus Strauss mor garedig â mynd gyda nhw i'r farchnad i brynu'r cynhwysion angenrheidiol. Prin iawn oedd yr arian a adawyd gan Iarll Olaf, ond llwyddodd y plant i brynu popeth oedd ei angen arnynt. O stondin ar ochr y stryd, fe brynon nhw'r olewydd ar ôl blasu sawl math a dewis eu ffefrynnau. Mewn siop yn arbenigo mewn pasta, fe ddewison nhw wahanol fathau o basta mewn gwahanol ffurfiau, gan ofyn i'r wraig a gadwai'r siop faint fyddai eu hangen arnynt ar gyfer tri ar ddeg o bobl – Iarll Olaf a'i westeion, a nhw eu tri. Yna mewn archfarchnad, fe brynon nhw arlleg, sy'n blanhigyn lled grwn ag iddo flas reit gryf; brwyniaid, sef pysgod bychain hallt o deulu'r ysgadenyn; caprys, sef eginflodau perth fechan sy'n blasu'n rhagorol, a thomatos, sy'n ffrwythau mewn gwirionedd, yn hytrach na llysiau fel y mae llawer o bobl yn ei gredu. Gan dybio y byddai'n braf cael pwdin, prynodd y plant sawl pecyn pwrpasol. Petaen nhw'n llwyddo i baratoi pryd gwirioneddol flasus, tybiodd yr amddifaid, efallai y byddai Iarll Olaf yn fwy caredig wrthynt.

"Diolch o galon am roi help llaw inni heddiw," meddai Violet, wrth iddi hi a'i brawd a'i chwaer gerdded adref gydag Ustus Strauss. "Wn i ddim beth fydden ni wedi'i wneud hebddo' chi."

"Rydych chi'n fy nharo i fel pobl ddeallus iawn," meddai Ustus Strauss, "ac rwy'n siŵr y byddech chi wedi meddwl am rywbeth. Ond mae'n dal yn ymddangos yn od i mi fod Iarll Olaf wedi gofyn ichi baratoi pryd mor fawr. Wel! Dyma ni. Rhaid imi fynd i'r tŷ i roi trefn ar y pethau brynais i. Gobeithio y dewch chi blant draw yn fuan i fenthyca llyfrau o'r llyfrgell."

"Yfory?" holodd Klaus yn sydyn. "Gawn ni ddod draw yfory?"

"Wela i ddim pam lai," atebodd Ustus Strauss gan wenu.

"Chredech chi ddim cymaint rydyn ni'n gwerthfawrogi hyn," meddai Violet yn ofalus. Gyda'u rhieni caredig wedi marw ac Iarll Olaf yn eu trin mor waradwyddus, doedd y tri phlentyn ddim yn gyfarwydd â derbyn caredigrwydd gan oedolion, a wydden nhw ddim a oedd disgwyl iddyn nhw wneud rhywbeth yn ôl. "Yfory, cyn defnyddio'ch llyfrgell, fe fydde Klaus a fi'n fwy na bodlon gwneud rhai jobsys o gwmpas y tŷ ichi. Dyw Sunny ddim yn ddigon hen i weithio, ond mae'n siŵr y gallen ni ddod o hyd i ryw ffordd y galle hi helpu."

Gwenodd Ustus Strauss ar y tri phlentyn, ond roedd ei llygaid yn drist. Estynnodd ei llaw i'w gosod yn dyner ar ben Violet a theimlodd Violet fwy o gysur nag a deimlodd ers peth amser. "Fydd dim angen hynny," meddai Ustus Strauss, "Mae croeso i chi yn fy nhŷ i bob amser." Yna, dyma hi'n troi a diflannu i'w thŷ, ac ar ôl syllu ar ei hôl am rai eiliadau, aeth yr amddifaid Baudelaire i'w tŷ hwythau.

Am ran helaeth o'r prynhawn, bu Violet, Klaus a

Sunny'n gweithio ar y saws puttanesca trwy ddilyn y rysáit. Rhostiodd Violet y garlleg a golchodd a thorrodd y brwyniaid. Tynnodd Klaus y crwyn oddi ar y tomatos a'r cerrig o ganol ffrwythau'r olewydd. Bu Sunny'n bwrw'i llwy bren yn erbyn sosban wrth ganu cân ailadroddus o'i heiddo'i hun. A theimlai'r tri yn llai diflas nag a wnaethant ers cyrraedd cartref Iarll Olaf. Mae arogl bwyd yn coginio yn aml yn un da i dawelu pawb, a daeth naws mwy cartrefol i lenwi'r gegin wrth i'r saws fudferwi ar y stof – term cogyddol yw "mudferwi", sy'n golygu "ffrwtian yn dawel ar wres isel iawn".

Siaradodd y tri amddifad am eu hatgofion o'u rhieni ac am Ustus Strauss. Yr oedd y tri yn gytûn ei bod hi'n gymdoges fendigedig ac edrychent ymlaen yn fawr iawn at dreulio llawer o'u hamser yn ei llyfrgell. Wrth siarad a hel meddyliau fel hyn, roedden nhw hefyd yn paratoi'r pwdin siocled, gan droi'r cymysgedd a'i flasu.

Wrth iddyn nhw roi'r pwdin yn yr oergell, clywodd Violet, Klaus a Sunny sŵn trwm, byddarol drws y ffrynt yn cael ei agor led y pen ac rwy'n siŵr nad oes angen imi ddweud wrthych pwy oedd wedi cyrraedd adref.

"Amddifaid?" gwaeddodd Iarll Olaf yn ei lais gwichlyd. "Ble rydych chi, amddifaid?"

"Yn y gegin, Iarll Olaf," gwaeddodd Klaus yn ôl. "Rydyn ni newydd orffen paratoi swper."

"Ydych wir, gobeithio," meddai Iarll Olaf, gan frasgamu i mewn i'r gegin. Rhythodd ar y tri phlentyn gyda'i lygaid sgleiniog sgleiniog. "Mae'r criw wrth fy nghwt ac maen nhw'n llwglyd iawn. Ble mae'r cig eidion rhost?"

"Does dim cig eidion rhost," meddai Violet. "R'yn ni wedi gwneud saws puttanesca."

"Beth?" gofynnodd Iarll Olaf. "Dim cig eidion rhost?"

"Sonioch chi'r un gair am gig eidion rhost," meddai Klaus.

Llithrodd Iarll Olaf tuag at y plant gan ymddangos hyd yn oed yn dalach nag yr oedd go iawn. Sgleiniodd ei lygaid yn fwy nag erioed a chododd ei un ael mewn cynddaredd. "Wrth gytuno i'ch mabwysiadu," meddai, "dw i wedi dod yn dad i chi, ac fel eich tad, dw i ddim yn ddyn i'w groesi. Rwy'n mynnu eich bod chi'n gweini cig eidion rhost i mi a 'ngwesteion."

"Does gyda ni ddim cig eidion rhost!" gwaeddodd Violet. "R'yn ni wedi gwneud saws puttanesca."

"*Na! Na! Na!*" gwaeddodd Sunny.

Edrychodd Iarll Olaf i lawr ar Sunny, a lefarodd mor ddisymwth. Gyda llef annynol, cydiodd ynddi ag un llaw a'i chodi i'r awyr fel ei bod hi'n rhythu ym myw ei lygad. Does dim angen dweud fod ofn mawr arni a dechreuodd grio ar ei hunion, gan fethu cnoi hyd yn oed y llaw a afaelai ynddi.

"Rhowch hi i lawr y munud 'ma," gwaeddodd Klaus. Neidiodd i'r awyr i geisio achub Sunny o afael yr Iarll, ond roedd hwnnw'n ei dal yn rhy uchel iddo allu cyrraedd. Edrychodd Iarll Olaf i lawr ar Klaus gan wenu hen wên ddanheddog erchyll, wrth godi Sunny hyd yn oed yn uwch. Roedd e fel petai ar fin gollwng ei afael ynddi a gadael iddi syrthio i'r llawr pan ddaeth sŵn chwerthin uchel o'r ystafell nesaf.

"Olaf! Ble mae Olaf?" meddai'r lleisiau. Oedodd Iarll Olaf, a oedd yn dal i ddal Sunny a honno'n nadu fry yn yr awyr, wrth i aelodau ei gwmni drama gerdded i mewn i'r gegin. O fewn dim, roedd yr ysfafell yn orlawn – amrywiaeth o gymeriadau rhyfedd iawn yr olwg, o bob lliw a llun. Roedd yno ddyn moel gyda thrwyn anferth, wedi'i wisgo mewn clogyn hir du. Roedd yno ddwy fenyw gyda phowdwr gwyn llachar ar hyd eu hwynebau, oedd yn gwneud iddyn nhw edrych fel ysbrydion. Y tu cefn iddyn nhw, roedd dyn a chanddo freichiau anghyffredin o denau a hir, gyda dau fachyn ar ben pob un yn lle dwylo. Roedd yno un person anhygoel o dew nad oedd yn edrych fel dyn na dynes. A thu ôl i'r person hwn, yn llenwi'r drws, safai llwyth o bobl a phlant eraill nad oedd modd eu gweld yn iawn, ond a oedd yn creu'r argraff eu bod nhw'n gallu codi llawn cymaint o ofn â'r lleill.

"Dyma lle rwyt ti, Olaf" meddai un o'r menywod â'r wynebau gwyn. "Beth yn y byd wyt ti'n 'neud?"

"Dw i jest yn disgyblu'r amddifaid 'ma," meddai Iarll Olaf. "Rwy'n gofyn iddyn nhw baratoi cinio a'r cyfan maen nhw'n ei wneud yw rhyw saws arswydus."

"Allwch chi ddim bod yn ffwrdd-a-hi gyda phlant," dywedodd y dyn â'r bachau yn lle dwylo.

"Rhaid iddyn nhw ddysgu ufuddhau i bobl hŷn."

Rhythodd y dyn tal, moel ar y plant. "Ai dyma'r plant cyfoethog roeddet ti'n sôn wrthyf amdanynt?" gofynnodd i'r Iarll.

"Ie," meddai Iarll Olaf. "Maen nhw mor erchyll, prin y galla i ddioddef eu cyffwrdd." Gyda hynny, gostyngodd Sunny, a oedd yn dal i nadu, i'r llawr. Ochneidiodd Violet a Klaus eu rhyddhad am nad oedd wedi'i gadael i ddisgyn.

"Wela i ddim bai arnat ti," meddai rhywun o'r cefn.

Rhwbiodd Iarll Olaf ei ddwylo ynghyd, fel petai e wedi bod yn dal rhywbeth atgas yn hytrach na phlentyn ifanc. "Wel, dyna ddigon o siarad," meddai. "Mae'n siŵr y gwnawn ni fwyta'r ginio 'ma, hyd yn oed os nad yw'r hyn y dylai fod. Dilynwch fi, bawb! Fe wna i arllwys gwin i ni yn yr ysfafell fwyta. Erbyn i'r cnafon 'ma ddod â bwyd i'r bwrdd, mi fyddwn ni'n rhy feddw i boeni beth sydd ar ein platiau."

"Hwrê!" bonllefodd sawl aelod o'r criw wrth iddyn nhw i gyd orymdeithio drwy'r gegin, gan ddilyn Iarll Olaf i'r ystfafell fwyta. Thalodd neb iot o sylw i'r plant, ar wahân i'r dyn moel a oedodd i edrych ym myw llygad Violet.

"Rwyt ti'n un fach bert," meddai, gan afael ynddi gerfydd ei hwyneb gyda'i ddwylo garw. "Petawn i'n ti, fe wnawn i 'ngorau glas i beidio â digio Iarll Olaf, rhag ofn iddo ddinistrio'r wyneb bach tlws 'ma." Cododd hynny gryd ar Violet. Daeth gigl wichlyd o enau'r dyn moel a chyda hynny, gadawodd yr ystafell.

Ar eu pen eu hunain yn y gegin, anadlodd y plant Baudelaire yn drwm, fel petaen nhw wedi bod yn rhedeg pellter maith. Roedd Sunny'n dal i nadu a chafodd Klaus fod ei lygaid yntau'n wlyb gan ddagrau hefyd. Violet oedd yr unig un i beidio â chrio, ond roedd hithau'n crynu gan ofn ac atgasedd. Am rai eiliadau, allai neb ddweud dim.

"Mae hyn yn uffernol, uffernol," meddai Klaus o'r diwedd. "Beth allwn ni ei wneud, Violet?"

"Wn i ddim," meddai. "Mae ofn arna i."

"Finnau hefyd," meddai Klaus.

"Hycs!" meddai Sunny wrth iddi orffen nadu.

"Dewch inni gael ein cinio!" gwaeddodd rhywun o'r ystafell fwyta a dechreuodd criw'r theatr bwnio'r bwrdd mewn rhythm gyda'i gilydd, sy'n beth anghwrtais iawn i'w wneud.

"Gwell inni weini'r puttanesca," meddai Klaus, "neu does wybod beth wnaiff Iarll Olaf inni."

Meddyliodd Violet am yr hyn roedd y dyn moel wedi'i ddweud am ddinistrio'i hwyneb, a chytunodd. Edrychodd y ddau ar gynnwys y sosban yn ffrwtian. Roedd y saws wedi ymddangos mor gartrefol wrth iddo gael ei baratoi, ond edrychai fel crochan o waed erbyn hyn. Yna, gan adael Sunny ar ôl yn y gegin, cerddodd y ddau i mewn i'r ystafell fwyta, Klaus yn cario powlen o basta ar ffurf siapiau diddorol a Violet yn cario'r ddysgl llawn puttanesca a lletwad ar gyfer ei weini. Byddwch yn gwybod, mae'n siŵr, mai ystyr "lletwad" yw "llwy fawr ar gyfer codi bwyd o sosban neu grochan neu ddysgl".

Roedd criw'r theatr yn siarad a chlegar, yn yfed ac yn yfed fwyfwy o'u gwydrau gwin, heb dalu sylw o gwbl i'r amddifaid Baudelaire wrth iddyn nhw fynd o gwmpas y bwrdd yn gweini ar bawb. Gwingai llaw dde Violet, am fod y lletwad mor drwm. Meddyliodd am ei newid i'w llaw chwith, ond gan taw merch law dde oedd hi, ofnai y gallai peth o'r saws ddiferu am nad oedd hi'n dal y lletwad yn ddigon tyn, a gallai hynny wylltio Iarll Olaf drachefn. Edrychodd yn ddiflas ar y bwyd ar blât Iarll Olaf a dechreuodd deimlo'n flin nad oedd hi wedi prynu gwenwyn yn y farchnad a'i roi yn y saws puttanesca. O'r diwedd, roedden nhw wedi gorffen gweini a llithrodd Klaus a Violet yn ôl i'r gegin. Deuai sŵn chwerthin cras Iarll Olaf a'i griw theatr i'w clyw a phigodd y ddau ar eu bwyd eu hunain, gan deimlo'n rhy ddigalon i fwyta.

Cyn bo hir, roedd ffrindiau Olaf yn pwnio'r bwrdd drachefn ac aeth yr amddifaid yn ôl i'r ystafell fwyta i glirio'r bwrdd a gweini'r pwdin siocled. Erbyn hyn, roedd hi'n amlwg fod Iarll Olaf a'i gwmni wedi yfed llawer iawn o win, gan led-orweddian ar draws y bwrdd a siarad llai. Yn y diwedd, fe lwyddon nhw i godi o'u cadeiriau a hel eu traed drwy'r gegin unwaith eto, a phrin yr oeddent yn sylwi ar y plant, wrth iddynt adael y tŷ. Edrychodd Iarll Olaf o gwmpas yr ystafell a oedd yn llawn llestri brwnt.

"Gan nad ydych wedi clirio pethau eto," meddai wrth yr amddifaid, "fe gewch eich esgusodi rhag gorfod dod i berfformiad heno. Ond ar ôl ichi orffen golchi'r llestri a gadael popeth yn dwt, ewch yn syth i'ch gwelyau."

Roedd Klaus wedi bod yn rhythu ar y llawr, gan osgoi edrych arno, ond o glywed hyn, ni allai aros yn dawel. "Ein *gwely* r'ych chi'n ei feddwl!" gwaeddodd. "Dim ond *un* gwely sydd 'da ni!"

Arhosodd aelodau'r criw theatr yn eu hunfan gan symud eu llygaid yn ôl a blaen rhwng Klaus a'r Iarll. Roedden nhw'n ysu am weld beth fyddai'n digwydd nesaf.

Cododd Iarll Olaf ei un ael a phefriai ei lygaid sgleiniog, ond siaradodd yn dawel a phwyllog. "Os hoffech chi wely arall," meddai, "cewch fynd i'r dref yfory i brynu un."

"Fe wyddoch chi'n ddigon da does dim arian 'da ni," meddai Klaus.

"Wrth gwrs fod 'da chi arian," atebodd Iarll Olaf, ei lais yn codi fymryn. "Rydych chi'n etifeddion ffortiwn anferth."

"Dyw'r arian yna," meddai Klaus oedd yn cofio geiriau Mr Poe, "ddim i'w ddefnyddio nes bydd

Violet yn oedolyn."

Fe drodd wyneb Iarll Olaf yn rhyfeddol o goch. Ddywedodd e ddim am eiliad. Yna, mewn un cam sydyn, plygodd i lawr a tharo Klaus ar draws ei wyneb. Syrthiodd Klaus i'r llawr, ei wyneb fodfeddi'n unig o datŵ'r llygad ar bigwrn Olaf. Llamodd ei sbectol oddi ar ei wyneb a diflannu i ryw gornel. Gallai glywed ei foch chwith, lle cafodd ei daro gan Olaf, ar dân. Chwarddodd y criw theatr a chymeradwyodd ambell un, fel petai Iarll Olaf wedi gwneud rhywbeth dewr yn hytrach na rhywbeth gwarthus.

"Dewch ymlaen, gyfeillion," meddai Iarll Olaf. "Fe fyddwn ni'n hwyr ar gyfer ein perfformiad."

"Os ydw i'n dy 'nabod di, Olaf," meddai dyn y dwylo bachog, "fe ddoi di o hyd i ffordd o gael gafael ar arian y Baudelairiaid."

"Fe gawn weld," meddai Iarll Olaf, ond roedd ei lygaid yn sgleinio'n ddisglair fel petai syniad wedi'i daro'n barod. Cafwyd sŵn enfawr unwaith eto wrth i ddrws y ffrynt gau y tu cefn i Iarll Olaf a'i gyfeillion erchyll, a chafodd y plant Baudelaire eu gadael ar eu pennau eu hunain yn y gegin unwaith eto.

Penliniodd Violet wrth ochr Klaus i roi cwtsh iddo er mwyn gwneud iddo deimlo'n well. Trwy gropian, aeth Sunny draw at ei sbectol a chydio ynddi i'w chario'n ôl ato. Dechreuodd Klaus feichio crio, nid yn gymaint oherwydd y boen, ond oherwydd y sefyllfa enbydus roedden nhw ynddi. Mae "enbydus" yma'n golygu "diflas, tywyll a diobaith" – a pharhaodd y tri i grio wrth iddyn nhw olchi'r llestri, wrth iddyn nhw ddiffodd y canhwyllau yn yr ystafell fwyta ac wrth iddyn nhw ddiosg eu dillad a gorwedd i lawr i gysgu, Klaus yn y gwely a Violet ar y llawr, gyda Sunny ar ei chlustog bach wedi'i wneud o lenni. Disgleiriai'r lleuad drwy'r ffenestr, a phetai neb wedi edrych ar ystafell wely yr amddifaid Baudelaire, fe fydden nhw wedi gweld tri phlentyn yn crio'n dawel ar hyd y nos.

PENNOD
Pump

Os na chawsoch chi erioed brofiadau yn eich bywyd sydd wedi gwneud ichi grio, rydych chi'n hynod, hynod lwcus. Ond os nad ydych chi'n un o'r bobl lwcus a phrin hynny, fe fyddwch chi'n gwybod fod cael sesiwn dda o lefain yn gallu gwneud ichi deimlo'n well yn aml, hyd yn oed pan fydd yr hyn wnaeth ichi grio yn y lle cyntaf heb newid dim. A dyna sut oedd hi ar yr amddifaid Baudelaire. Ar ôl cael noson o grio, fe godon nhw bore drannoeth yn teimlo fod baich trwm wedi'i godi. Roedden nhw'n dal mewn sefyllfa enbydus, wrth gwrs, ond roedden nhw nawr am wneud rhywbeth i wella pethau.

Gorchmynion Iarll Olaf iddynt

am y diwrnod, yn ei nodyn boreuol, oedd i dorri coed tân yn yr iard gefn. Wrth i Violet a Klaus godi'r fwyell a dod â hi i lawr drachefn ar y boncyffion, roedden nhw'n trafod gwahanol ffyrdd o ddelio â'u sefyllfa, tra oedd Sunny'n myfyrio dros ambell ddarn bach o bren roedd hi'n eu cnoi.

"Mae'n amlwg," meddai Klaus, gan fwytho'r clais ar ei wyneb lle cafodd ei fwrw neithiwr gan Iarll Olaf, "na allwn ni aros yma fawr rhagor. Byddai'n well gen i gymryd fy siawns yn byw ar y stryd nag aros yn y lle ofnadwy 'ma."

"Ond pwy a ŵyr pa bethau drwg all ddigwydd inni ar strydoedd y ddinas?" meddai Violet, "O leia mae 'da ni do uwch ein pennau fan hyn."

"Byddai'n dda gen i tasen ni'n gallu defnyddio arian ein rhieni nawr, cyn i ti ddod i oed," meddai Klaus. "Yna fe allen ni brynu castell a byw ynddo a chael dynion arfog i warchod y lle er mwyn gofalu nad oedd Iarll Olaf a'i griw yn dod ar gyfyl y lle."

"A gallen i gael stiwdio ddyfeisio anferth," meddai Violet, gan hiraethu am yr hyn nad oedd hi erioed wedi'i gael. Defnyddiodd ei holl nerth i ddod â'r fwyell i lawr nes bron â hollti boncyff yn ddau. "Un llawn gêrs a phwlis a gwifrau a system gyfrifiadurol gymhleth."

"A gallen innau gael llyfrgell anferth," meddai Klaus. "Un mor gysurus ag un Ustus Strauss, ond hyd yn oed yn fwy."

"Jibo!" gwaeddodd Sunny, a oedd yn swnio fel petai'n golygu, "A gallwn innau gael digonedd o bethau i'w cnoi."

"Ond yn y cyfamser," meddai Violet, "rhaid inni fynd i'r afael â'n sefyllfa bresennol."

"Efallai y gallai Ustus Strauss ein mabwysiadu ni," meddai Klaus. "Fe ddywedodd hi fod croeso inni yn ei thŷ hi unrhyw bryd."

"Ond croeso i alw neu i ddefnyddio'i llyfrgell oedd hynny," eglurodd Violet. "Nid croeso i symud i mewn a *byw* yno."

"Petaen ni'n egluro ein sefyllfa iddi, efallai y byddai hi'n fodlon ystyried ein mabwysiadu ni wedyn," meddai Klaus yn obeithiol, ond pan edrychodd Violet arno, gallai weld ei fod yn sylweddoli nad oedd hynny'n bosibl o gwbl.

Penderfyniad mawr iawn yw penderfynu mabwysiadu rhywun, a dyw e ddim yn debygol o ddigwydd ar hap a damwain. Rwy'n siŵr eich bod chi, rywbryd yn eich bywyd, wedi breuddwydio am gael eich magu gan rywrai gwahanol i'r rhai sy'n eich magu chi nawr, ond ichi wybod yn eich calon nad oedd hynny'n debygol iawn o ddigwydd.

"Rwy'n meddwl y dylen ni fynd i weld Mr Poe," meddai Violet. "Pan adawodd e ni yma, fe ddywedodd y gallen ni fynd i'w weld e yn y banc os oedd 'da ni unrhyw gwestiwn."

"Nid cwestiwn sydd 'da ni," eglurodd Klaus, "ond cwyn." Gallai gofio Mr Poe yn cerdded tuag atynt ar Draeth Briny gyda'i newyddion ofnadwy. Er ei fod yn gwybod nad bai Mr Poe oedd y tân, roedd arno ofn mynd i'w weld, serch hynny, rhag ofn fod ganddo fwy o newyddion drwg.

"Alla i ddim meddwl am neb arall i gysylltu ag e," meddai Violet. "Mr Poe sydd yng ngofal popeth ac rwy'n siŵr tase fe'n gwybod un mor atgas yw Iarll Olaf y byddai'n ein cymryd ni o'ma'n syth."

Gallai Klaus ddychmygu Mr Poe yn cyrraedd yn ei

gar ac yn rhoi'r amddifaid Baudelaire ynddo'n ddiymdroi, i'w cludo i rywle arall, a theimlodd lygedyn o obaith. Byddai unrhyw le'n well na fan hyn. "O'r gore," meddai. "Gad inni dorri'r holl goed tân yma ac yna fe awn ni i'r banc."

Wedi'u sbarduno gan eu cynllun, torrodd y plant y coed yn rhyfeddol o gyflym a chyn pen dim roedden nhw'n barod i gychwyn am y banc. Roedden nhw'n cofio i'r Iarll sôn fod ganddo fap o'r ddinas, ond er chwilio'n ddyfal, ddaethon nhw mo hyd iddo. Rhaid ei fod yn cadw hwnnw yn y twr roedd y plant wedi'u gwahardd rhag mynd ar ei gyfyl. Felly, heb gyfarwyddiadau o fath yn y byd, dechreuodd y plant ar eu siwrne i ardal fancio'r ddinas, yn y gobaith o ddod o hyd i Mr Poe.

Ar ôl cerdded trwy'r ardal gig, yr ardal flodau a'r ardal gerfluniau, cyrhaeddodd y tri phlentyn yr ardal fancio, gan oedi i gymryd llymaid o ddŵr o Ffynnon y Cyllid Buddugoliaethus. Nifer o strydoedd llydan gydag adeiladau marmor mawr bob ochr iddynt oedd yr ardal fancio – ac roedd pob un o'r adeiladau mawr yn fanc. Aethant i'r Banc y Gallech Ymddiried

Ynddo yn gyntaf, ac yna i'r Cynilion a Benthyciadau
Ffyddlon, ac yna i'r Gwasanaethau Ariannol
Gwasaidd, gan ofyn am Mr Poe ym mhob un. O'r
diwedd, yn Gwasaidd, dywedodd derbynnydd
wrthynt ei bod yn gwybod fod Mr Poe yn gweithio i
lawr y stryd yn swyddfeydd Rheolaeth Arian
Dirwyol. Adeilad sgwâr a braidd yn blaen yr olwg
oedd hwnnw, ond unwaith roedden nhw y tu mewn
iddo, roedd mwstwr a phrysurdeb y bobl a weithiai
yno yn ddigon i godi braw ar y tri amddifad. Fe
ofynnon nhw i swyddog diogelwch mewn lifrai ai
dyma'r lle i siarad â Mr Poe, ac fe ddangosodd e nhw
i mewn i ystafell fawr yn llawn cypyrddau ffeilio a dim
ffenestri.

"Wel, helô!" meddai Mr Poe mewn llais llawn
penbleth. Roedd yn eistedd wrth ddesg wedi'i
gorchuddio â phapur ac ysgrifen wedi'i deipio ar hyd-
ddo i gyd. Edrychai'n hynod bwysig a diflas. Hefyd
ar y ddesg roedd llun mewn ffrâm o'i wraig a'i ddau
fab erchyll a thri ffôn gyda goleuadau'n fflachio
drostynt. "Dewch i mewn."

"Diolch," meddai Klaus, gan ysgwyd llaw Mr Poe.

Eisteddodd y Baudelairiaid mewn tair cadair anferth a chysurus.

Agorodd Mr Poe ei geg i siarad ond bu'n rhaid iddo besychu i mewn i hances cyn gallu dweud dim. "Rwy'n brysur iawn heddiw," dechreuodd o'r diwedd. "Felly, does gen i fawr o amser i glebran. Y tro nesaf, rhaid ichi alw ymlaen llaw ac fe ro' i amser o'r neilltu i fynd â chi am ginio."

"Byddai hynny'n braf iawn," meddai Violet, "ac mae'n ddrwg gen i na wnaethon ni gysylltu ymlaen llaw cyn galw, ond mae'n argyfwng arnon ni."

"Mae Iarll Olaf yn wallgo," meddai Klaus, gan daro'r hoelen ar ei phen. "Allwn ni ddim aros 'dag e."

"Mae e wedi taro Klaus ar draws ei wyneb. Welwch chi'r clais?" meddai Violet, ond wrth iddi siarad, canodd un o'r ffonau mewn sgrech aflafar.

"Esgusodwch fi," meddai Mr Poe, cyn codi'r derbynnydd. "Poe yma. Beth? Ie. Ie. Ie. Ie. Na. Ie. Diolch." Rhoddodd y derbynnydd yn ôl yn ei le a phan edrychodd ar y Baudelairiaid drachefn, roedd e fel petai wedi anghofio eu bod nhw yno.

"Mae'n flin gen i," meddai. "Nawr 'te, am be

roedden ni'n sôn? O, ie, Iarll Olaf. Mae'n flin gen i nad ydych chi wedi cael argraff gyntaf ffafriol iawn ohono."

"Dim ond un gwely mae e wedi'i roi inni," meddai Klaus.

"Mae e'n ein gorfodi ni i wneud llwyth o waith anodd."

"Mae'n yfed gormod o win."

"Esgusodwch fi," meddai Mr Poe, wrth i ffôn arall ganu. "Poe yma," meddai. "Saith. Saith. Saith. Saith. Chwech a hanner. Saith. Croeso!" Daeth yr alwad i ben ac ysgrifennodd rywbeth ar un o'r darnau papur cyn troi ei sylw'n ôl at y plant. "Mae'n flin gen i," meddai. "Be ddwedoch chi am Iarll Olaf? Dyw gofyn ichi wneud ambell jobyn bach ddim yn swnio'n rhy ddrwg."

"Mae e'n ein galw ni'n amddifaid."

"Pobl erchyll yw 'i gyfeillion e i gyd."

"Dyw e byth yn peidio â sôn am ein harian ni."

"Ych!" (Sunny ychwanegodd hynny.)

Cododd Mr Poe ei law i nodi ei fod e wedi clywed digon. "Blantos, blantos!" meddai. "Rhaid ichi roi amser i'ch hunain i addasu i'ch cartref newydd.

Ychydig ddyddiau'n unig sydd ers ichi symud yno."

"Rydyn ni wedi bod yno'n ddigon hir i wybod fod Iarll Olaf yn ddyn drwg," meddai Klaus.

Ochneidiodd Mr Poe ac edrychodd ar y tri phlentyn. Roedd ganddo wyneb caredig, ond doedd e ddim yn edrych fel petai e'n credu'r hyn yr oedd y Baudelairiaid yn ei ddweud wrtho. "Ydych chi'n gyfarwydd â'r term Lladin *in loco parentis*?" gofynnodd.

Edrychodd Violet a Sunny ar Klaus. Gan mai fe oedd y darllenwr mwyaf brwd o'r tri, y fe oedd fwyaf tebyg o wybod ystyr termau estron a geiriau arbenigol. "Rhywbeth i'w wneud â phared?" gofynnodd. "Wal o ryw fath?"

"Ystyr *in loco parentis*," eglurodd Mr Poe gan ysgwyd ei ben, "yw 'yn gweithredu yn rôl y rhiant'. Mae'n derm cyfreithiol ac mae e'n berthnasol i'r Iarll Olaf. Nawr eich bod chi dan ei ofal, gall yr Iarll eich magu fel y mae e'n ei weld orau. Mae'n flin gen i os nad oedd eich rhieni yn arfer rhoi mân jobsys ichi eu gwneud, neu os na welsoch chi nhw'n feddw erioed, neu os oedd yn well 'da chi eu ffrindiau nhw na rhai

Iarll Olaf, ond rhaid ichi ddod i arfer â'r pethau hyn, achos mae Iarll Olaf yn gweithredu *in loco parentis.* Chi'n deall?"

"Ond mae e wedi *bwrw* fy mrawd!" meddai Violet. "Edrychwch ar ei wyneb e!"

Wrth i Violet siarad, aeth Mr Poe i'w boced i nôl hances a chan ei rhoi dros ei geg, pesychodd sawl gwaith. Pesychodd mor uchel fel nad oedd Violet yn siŵr os oedd e wedi clywed ei geiriau ai peidio.

"Beth bynnag mae Iarll Olaf wedi'i wneud, mae e wedi gweithredu *in loco parentis,*" meddai Mr Poe, gan edrych i lawr ar ei bapurau a rhoi cylch o gwmpas rhyw rif neu'i gilydd. "Does dim alla i ei wneud am y peth. Mae eich arian yn gwbl saff gen i a'r banc, ond mater i Iarll Olaf ei hun yw ei syniadau ar sut i fagu plant. Nawr, mae'n flin gen i eich hel chi drwy'r drws ar frys, ond rwy'n brysur iawn."

Eistedd yno, wedi'u rhyfeddu gan siom, wnaeth y plant. Cododd Mr Poe ei ben o'i bapurau a chliriodd ei lwnc drachefn. "Mae 'eich hel chi drwy'r drws' yn golygu ..."

"Mae e'n golygu na wnewch chi ddim byd i'n

helpu ni," torrodd Violet ar ei draws. Roedd hi'n crynu gan ddicter a rhwystredigaeth. Wrth i ffôn arall ganu, cododd ar ei thraed a cherdded at y drws, gyda Klaus yn ei dilyn gan gario Sunny. Wedi iddyn nhw gyrraedd y stryd, safodd y tri yno, heb wybod beth i'w wneud nesaf.

"Beth wnawn ni nawr?" gofynnodd Klaus yn drist.

Cododd Violet ei llygaid tua'r nen. Dyna drueni na allai hi ddyfeisio rhywbeth o'r awyr las. "Gwell inni droi'n ôl," meddai. "Mae'n hwyr. Fe allwn ni feddwl am rywbeth arall fory. Beth am alw heibio i Ustus Strauss ar y ffordd?"

"Ond fe ddywedaist ti na alle hi ein helpu," meddai Klaus.

"Nid i ofyn am help," meddai Violet. "Ond er mwyn gweld ei llyfrau."

Mae dysgu'r gwahaniaeth rhwng y "llythrennol" a'r "ffigurol" yn ddefnyddiol iawn i berson ifanc. Os yw rhywbeth yn digwydd yn llythrennol, yna mae'n golygu ei fod yn digwydd go iawn; os yw rhywbeth yn digwydd yn ffigurol, mae'n *teimlo fel petai* e'n digwydd. Er enghraifft, petaech chi'n llythrennol 'bron â marw ishe bwyd', byddai'n golygu eich bod chi ar fin marw o ddiffyg bwyd, go iawn. Ond os ydych chi'n dweud hynny'n ffigurol, mae'n golygu eich bod chi'n *teimlo fel petaech* chi ar fin marw am eich bod mor llwglyd. Dim ond ffordd o siarad yw e.

Cerddodd yr amddifaid yn ôl i'r rhan o'r ddinas lle trigai Iarll Olaf gan alw drws nesaf gydag Ustus Strauss yn gyntaf. Croesawyd nhw'n gynnes a chawsant ddewis llyfrau o'r llyfrgell. Dewisodd Violet sawl un ar ddyfeisiadau mecanyddol; dewisodd Klaus sawl un ar fleiddiaid, a daeth Sunny o hyd i un yn llawn lluniau o ddannedd. Yna aethant i'w hystafell a heidio'n glòs at ei gilydd ar y gwely i ddarllen yn ddwys a hapus. Yn *ffigurol*, roedden nhw wedi llwyddo i ddianc rhag Iarll Olaf a'u bodolaeth ddiflas. Ond doedden nhw ddim wedi dianc yn llythrennol, achos roedden nhw'n dal yn ei dŷ ac ar drugaredd ei ddehongliad e o *in loco parentis*. Ond trwy gladdu eu hunain yn eu hoff bynciau darllen, gallent deimlo eu bod nhw ymhell o ddiflastod eu sefyllfa, fel petaen nhw wedi dianc. O ystyried sefyllfa'r amddifaid, doedd dihangfa ffigurol ddim yn ddigon, wrth gwrs, ond ar ddiwedd diwrnod blinedig ac ofer, roedd yn rhaid i hynny wneud y tro. Darllenodd Violet, Klaus a Sunny eu llyfrau, gan obeithio y byddai eu dihangfa ffigurol yn troi'n ddihangfa lythrennol yn fuan iawn.

PENNOD
Chwech

Bore drannoeth, pan faglodd y plant eu ffordd yn gysglyd o'u hystafell wely i'r gegin, nid neges Iarll Olaf oedd yn disgwyl amdanynt, ond Iarll Olaf ei hun.

"Bore da, amddifaid," meddai. "Mae eich uwd yn barod amdanoch yn eich powlenni."

Eisteddodd y tri wrth fwrdd y gegin gan rythu'n bryderus ar eu huwd. Petaech chi'n nabod Iarll Olaf a chael ei fod wedi paratoi pryd ar eich cyfer, oni fyddech chithau'n bryderus hefyd, rhag ofn fod rhywbeth cas ynddo, fel gwenwyn neu wydr wedi'i falu'n fân? Ond i'r gwrthwyneb, darganfu Violet, Klaus a Sunny fod mafon ffres wedi'u gwasgaru ar ben pob powlen. Doedden nhw heb gael mafon ers i'w rhieni farw, er eu bod nhw'n hoff iawn ohonynt.

"Diolch," meddai Klaus yn ofalus, gan bigo un o'r mafon a'i harchwilio. Efallai mai aeron gwenwynig oedd yn edrych fel rhai blasus oedd y rhain?

O weld mor amheus oedd Klaus, gwenodd Iarll Olaf a chymerodd un o'r mafon o bowlen Sunny. Gan syllu ar bob un o'r plant, rhoddodd hi yn ei geg a'i llyncu. "On'd yw mafon yn fendigedig?" meddai. "Pan own i eich oedran chi, dyna oedd fy hoff ffrwyth."

Ceisiodd Violet ddychmygu Iarll Olaf fel plentyn, ond fedrai hi ddim. Tybiodd mai pethau'n perthyn i oedolyn yn unig oedd ei lygaid sgleiniog, ei ddwylo esgyrnog a'i wên lechwraidd. Er cymaint roedd hi'n ei ofni, cododd ei llwy yn ei llaw dde a dechreuodd fwyta'r uwd. Rhaid nad oedd gwenwyn ynddo wedi'r cwbl, gan fod Iarll Olaf ei hun wedi bwyta peth ohono, a ta beth, roedd hi'n llwglyd iawn. Dechreuodd Klaus fwyta hefyd, a Sunny, a lwyddodd i gael mafon ac uwd dros ei hwyneb i gyd.

"Fe gefais alwad ffôn ddoe," meddai Iarll Olaf,

"oddi wrth Mr Poe. Fe ddywedodd e eich bod chi blant wedi ymweld ag e."

Edrychodd y tri ar ei gilydd. Roedden nhw wedi gobeithio y byddai eu hymweliad yn gyfrinach rhyngddyn nhw a Mr Poe. Hynny yw, roedden nhw wedi gobeithio na fyddai Mr Poe yn agor ei hen geg fawr o flaen Iarll Olaf.

"Fe ddywedodd Mr Poe wrthyf eich bod chi'n cael trafferth addasu i'r bywyd rwyf wedi bod mor raslon â'i ddarparu yma ar eich cyfer," aeth Iarll Olaf yn ei flaen. "Trist iawn oedd clywed hynny."

Edrychodd y plant ar Iarll Olaf. Er bod golwg ddifrifol iawn ar ei wep – gair sydd yma'n golygu "ei hen wyneb mawr hyll" – fel *petai* e'n drist i glywed go iawn, roedd ei lygaid yn sgleiniog a disglair, fel llygaid rhywun yn dweud jôc.

"Felly'n wir?" meddai Violet. "Mae'n flin 'da fi glywed i Mr Poe eich trafferthu."

"Rwy'n hynod falch iddo wneud," meddai Iarll olaf, "achos dw i am i'r tri ohonoch deimlo'n gartrefol yma, nawr mai fi yw eich tad."

Gwingodd y plant o glywed hynny, achos roedden

nhw'n cofio'u tad caredig go iawn, wrth edrych ar draws y bwrdd ar yr esgus tlawd o dad a eisteddai gyferbyn â nhw.

"Yn ddiweddar," meddai Iarll Olaf, "rwy wedi bod yn bryderus am fy mherfformiadau gyda'r cwmni theatr ac mae arna i ofn 'mod i efallai wedi bod braidd yn ffroenuchel tuag atoch chi blant."

Gair ardderchog yw "ffroenuchel", ond dyw e ddim yn disgrifio ymddygiad Iarll Olaf tuag at y plant. Mae'n golygu "meddwl eich bod chi'n well na phawb arall ac yn amharod i gymysgu gydag eraill". Dyw e ddim yn golygu darparu un gwely i dri pherson gysgu ynddo, eu gorfodi nhw i wneud jobsys cas, a'u bwrw ar draws eu hwynebau. Mae sawl gair ar gael i ddisgrifio pobl felly, ond dyw "ffroenuchel" ddim yn un ohonyn nhw. Fe wyddai Klaus ystyr "ffroenuchel" yn iawn, a bu bron iddo chwerthin yn uchel wrth glywed Iarll Olaf yn ei ddefnyddio'n anghywir. Ond roedd y clais yn dal ar ei foch, felly penderfynodd ddweud dim.

"Felly, i wneud ichi deimlo'n fwy cartrefol, fe hoffwn i chi gymryd rhan yn fy nrama nesaf. Trwy gymryd rhan yn fy ngwaith, efallai y byddwch chi'n llai parod i redeg at Mr Poe i gwyno."

"Ym mha ffordd fydden ni'n cymryd rhan?" gofynnodd Violet. O gofio'r holl bethau roedden nhw'n gorfod eu gwneud i Iarll Olaf yn barod, doedd hi ddim yn awyddus i wneud dim mwy.

"Wel," meddai Iarll Olaf, â'i lygaid yn pefrio'n ddisglair, "enw'r ddrama yw *Y Briodas Fendigedig*, a'i hawdur yw'r awdur gwych hwnnw, Al Ffwncwt. Un perfformiad yn unig fyddwn ni'n ei roi, a hwnnw nos Wener. Drama am ddyn hynod ddewr a deallus yw hi – sef fi. Ar y diwedd, mae'n priodi'r ferch ifanc hardd mae e'n ei charu, o flaen tyrfa o bobl yn cymeradwyo. Byddi *di*, Klaus, a *thithe*, Sunny, yn chwarae rhan rhai o'r bobl yn bonllefain yn y dorf."

"Ond r'yn ni'n fyrrach na'r rhan fwyaf o oedolion," meddai Klaus. "Fyddwn ni ddim yn edrych yn od i'r gynulleidfa?"

"Fe fyddwch chi'n chwarae rôl dau gorrach sydd wedi dod i weld y briodas," atebodd Olaf yn amyneddgar.

"A beth amdana i?" gofynnodd Violet. "Rwy'n dda

gydag offer gwaith coed. Fe allen i helpu i godi'r set."

"Codi'r set? Mawredd mawr!" meddai Iarll Olaf. "Ddylai merch bert fel ti ddim fod yn gweithio yng nghefn y llwyfan."

"Ond fe *hoffwn* i," meddai Violet.

Cododd yr un ael oedd gan Iarll Olaf fymryn, ac roedd y plant yn gyfarwydd â'r arwydd hwn ei fod e'n ddig. Ond yna, aeth yr ael i lawr drachefn a gorfododd ei hun i beidio â gwylltio. "Ond mae gen i ran mor bwysig ar dy gyfer di ar y llwyfan," meddai. "Ti fydd yn chwarae rhan y ferch rwy'n ei phriodi."

Clywai Violet yr uwd a'r mafon yn symud o gwmpas yn ei bol, fel petai hi wedi dal y ffliw. Roedd hi'n ddigon drwg fod Iarll Olaf yn gweithredu *in loco parentis* ac yn cyhoeddi mai ef oedd ei thad. Cymaint yn waeth oedd gorfod ystyried ei fod yn ŵr iddi, hyd yn oed os oedd hynny dim ond wrth esgus ar gyfer drama.

"Mae'n rhan arbennig o bwysig," aeth yn ei flaen, gyda chonglau ei geg yn crychu i greu gwên nad oedd yn argyhoeddi neb, "er mai'r unig air sydd raid iti ei ddweud yw 'Gwnaf' – a byddi di'n dweud hynny pan fydd Ustus Strauss yn gofyn iti a wnei di fy nghymryd i."

"Ustus Strauss?" meddai Violet. "Be sy ganddi hi i'w wneud â'r peth?"

"Mae hi wedi cytuno i chwarae rhan y Barnwr," meddai Olaf. Y tu cefn iddo, roedd un o'r llygaid a oedd wedi'i baentio ar wal y gegin yn cadw golwg ar bob un o'r plant Baudelaire. "Fe ofynnais i i Ustus Strauss er mwyn bod yn gymdogol, yn ogystal â bod yn dadol."

"Iarll Olaf ..." dechreuodd Violet, ond yna tawodd. Roedd hi am ddadlau nad oedd hi am chwarae rhan ei briodferch, ond doedd hi ddim am ei ddigio. "*Dad*," meddai. "Dw i ddim yn siŵr 'mod i'n ddigon talentog i berfformio'n broffesiynol, a byddai'n gas gen i ddwyn gwarth ar eich enw da chi ac Al Ffwncwt. Ac ar ben hynny, rwy'n mynd i fod yn brysur iawn dros yr wythnosau nesaf 'ma, yn gweithio ar fy nyfeisiadau ... ac yn dysgu sut i rostio cig eidion."

Estynnodd Iarll Olaf un o'i ddwylo main a rhwbiodd hi o dan ei gên, gan edrych yn ddwfn i'w llygaid. "Fe *fyddi di'n* bendant yn perfformio yn y ddrama hon," meddai. "O ddewis, fe fyddai'n well gen i petait ti'n cymryd rhan o dy wirfodd, ond fel yr eglurodd Mr Poe wrthyt, rwy'n meddwl, fe alla i dy orchymyn di i gymryd rhan a *rhaid iti ufuddhau*." Crafodd ewinedd brwnt a miniog Iarll Olaf hi o dan ei gên, a chrynodd Violet drwyddi. Roedd yr ystafell yn hynod, hynod dawel wrth i Olaf ollwng ei afael o'r diwedd. Cododd ar ei draed a gadawodd heb ddweud yr un gair arall. Gwrandawodd y Baudelairiaid ar sŵn y camau trwm a gymerodd wrth ddringo grisiau'r tŵr doedden nhw ddim yn cael mynd iddo.

"Wel," meddai Klaus yn betrusgar, "mae'n debyg na ddaw drwg o gymryd rhan yn ei ddrama. Mae'n golygu llawer iddo, yn ôl pob golwg."

"Mae rhyw ddrwg yn y caws," meddai Violet.

"Dwyt ti ddim yn meddwl fod y mafon wedi'u gwenwyno, wyt ti?" gofynnodd Klaus mewn braw.

"Na," atebodd Violet. "Ar ôl y ffortiwn y byddwn ni'n ei hetifeddu mae Olaf. Fyddai ein lladd ni'n gwneud dim lles iddo o gwbl."

"Ond pa les ddaw iddo o'n cael ni i berfformio yn

ei hen ddrama wirion?"

"Wn i ddim," atebodd Violet yn drwm ei chalon. Cododd ac aeth ati i ddechrau golchi'r powlenni uwd.

"Mi fasai'n dda gen i tasen ni'n gwybod mwy am y gyfraith ynglŷn ag etifeddu arian," meddai Klaus. "Synnwn i fawr nad oes rhyw dwyll ar y gweill gan Iarll Olaf i gael ei ddwylo ar ein ffortiwn ni. Ond wn i ddim beth allai fod."

"Tybed allen ni ofyn i Mr Poe?" cynigiodd Violet yn amheus, tra safai Klaus wrth ei hochr yn sychu'r llestri. "Mae hwnnw'n gyfarwydd â'r holl ymadroddion Lladin 'na."

"Ond y munud y bydden ni wedi gadael ei swyddfa, byddai Mr Poe ar y ffôn ag Iarll Olaf unwaith eto. Efallai y dylen ni gael gair ag Ustus Strauss," awgrymodd Klaus. "Mae hi'n farnwr. Rhaid ei bod hi'n gwybod popeth am y gyfraith."

"Mae hi hefyd yn gymdoges i Olaf," atebodd Violet. "Y perygl yw y byddai hi'n dweud wrtho ein bod ni wedi holi."

Tynnodd Klaus ei sbectol, rhywbeth a wnâi'n aml pan oedd yn meddwl yn galed. "Sut allwn ni ddod i wybod am y gyfraith heb i Olaf sylwi?"

"Llyf!" gwaeddodd Sunny'n sydyn. Efallai mai gofyn a fyddai rhywun mor garedig â llyfu ei hwyneb yn lân oedd hi, ond nid dyna ddeallodd Violet a Klaus o gwbl. *Llyfr*. Dyna'r gair a ddaeth i feddyliau'r ddau ar yr un pryd. Rhaid fod gan Ustus Strauss lyfr ar y gyfraith yn ymwneud ag etifeddiaeth.

"Chawson ni ddim jobsys i'w gwneud gan Iarll Olaf," meddai Violet. "Felly wela i ddim pam na allwn ni ymweld ag Ustus Strauss a'i llyfrgell."

Gwenodd Klaus. "Na'n wir," cytunodd. "A wyddost ti be? Dw i ddim yn meddwl mai llyfr ar fleiddiaid fydda i ar ei ôl heddiw, chwaith."

"Ac yn rhyfedd iawn," meddai Violet, "does arna inne fawr o awydd darllen am beirianneg heddiw. Am ryw reswm, dw i'n meddwl yr af i at Adran y Gyfraith …"

"Wel, gad inni fynd 'te," meddai Klaus. "Fe ddywedodd Ustus Strauss y dylen ni alw arni'n fuan, a fydden ni ddim am iddi feddwl ein bod ni'n *ffroenuchel*."

Wrth grybwyll y gair yr oedd Iarll Olaf wedi bod mor hurt â'i gamddefnyddio, chwarddodd yr amddifaid Baudelaire yn llawen; hyd yn oed Sunny, a geirfa ddigon prin oedd ganddi hi. Prysurodd y plant i roi'r powlenni uwd i gadw yn y cypyrddau a oedd yn eu gwylio gyda'u llygaid peintiedig. Yna, rhedodd y tri drws nesaf. Ychydig ddyddiau yn unig oedd tan ddydd Gwener – diwrnod y perfformiad – ac roedden nhw am weld pa ddrygioni oedd gan Iarll Olaf ar y gweill cyn gynted â phosibl.

Mae yna sawl math o lyfr yn y byd, sy'n beth da dros ben, am fod sawl math o berson, ac mae pawb am ddarllen rhywbeth gwahanol. Er enghraifft, dylai pawb sy'n casáu storïau lle mae pethau ofnadwy'n digwydd i blant bach roi'r llyfr hwn i lawr ar unwaith. Ond un math o lyfr nad oes bron neb am ei ddarllen yw llyfr am y gyfraith. Mae'n ffaith fod llyfrau am y gyfraith yn ddiarhebol o hir, yn ddiflas ac yn anodd i'w darllen. Dyna un rheswm pam mae cyfreithwyr yn gwneud llwyth o arian. Mae'r arian mawr yn anogaeth – mae'r gair "anogaeth" yma'n golygu "gwobr a gynigir i'ch perswadio chi i wneud rhywbeth anodd" – iddyn nhw ddarllen llyfrau hir, diflas ac anodd.

Anogaeth fymryn yn wahanol oedd yn gyrru'r Baudelairiaid i ddarllen y llyfrau hyn, wrth gwrs. Nid llwyth o arian oedd yn eu hannog nhw, ond yr awydd i atal Iarll Olaf rhag gwneud rhywbeth drwg dros ben iddynt er mwyn cael ei ddwylo ar eu ffortiwn. Ond hyd yn oed gyda'r fath anogaeth, tasg anodd iawn, iawn, iawn oedd mynd trwy'r llyfrau ar y gyfraith yn llyfrgell Ustus Strauss.

"Bobol bach!" meddai Ustus Strauss pan ddaeth hi i mewn i'r llyfrgell a gweld pa fath o lyfrau oedd wedi mynd â bryd y plant. Hi oedd wedi eu gadael i mewn i'r tŷ, wrth gwrs, ond yna roedd hi wedi mynd i'w gardd ar ei hunion gan adael y plant Baudelaire ar eu pen eu hunain yn ei llyfrgell fendigedig. "Rown i'n meddwl mai peirianneg mecanyddol, anifeiliaid Gogledd America a dannedd oedd yn mynd â'ch bryd. Ydych chi'n siŵr mai'r hen lyfrau trwm 'na ar y gyfraith sydd orau 'da chi? Tydw i hyd yn oed heb ddarllen pob un o'r rheina, ac rydw i'n gweithio ym myd y gyfraith."

"O, ydw, rwy'n berffaith siŵr," honnodd Violet, gan ddweud celwydd.

"A finnau," meddai Klaus hefyd. "Maen nhw'n hynod ddiddorol, Ustus Strauss. Mae Violet a minnau'n ystyried gyrfa yn y gyfraith."

"Wel," meddai Ustus Strauss, "does bosib eu bod nhw o unrhyw ddiddordeb i Sunny. Efallai y carai hi ddod i roi help llaw i mi yn yr ardd?"

"Wipi!" sgrechiodd Sunny, gan olygu "Llawer gwell gen i arddio nag edrych ar fy mrawd a chwaer yn palu eu ffordd trwy hen lyfrau trwm y gyfraith".

"Gofalwch nad yw hi'n bwyta pridd 'te," meddai Klaus wrth Ustus Strauss wrth ddod â'i chwaer fach draw ati.

"Wrth gwrs," meddai Ustus Strauss. "Fiw iddi fod yn sâl cyn noson y perfformiad mawr."

Edrychodd Violet a Klaus ar ei gilydd. "Ydych chi'n edrych ymlaen at y ddrama?" gofynnodd Violet yn betrusgar.

Goleuodd wyneb Ustus Strauss i gyd. "Ydw,

gwlei!" atebodd. "Mae hi wedi bod yn freuddwyd gen i ers pan rown i'n ddim o beth i gael perfformio ar lwyfan. A nawr, dyma Iarll Olaf yn rhoi cyfle imi fyw'r freuddwyd honno. Ydych chi ddim wrth eich bodd yn cael bod yn rhan o fyd y theatr?"

"I raddau …," atebodd Violet.

"Wrth gwrs eich bod chi," meddai Ustus Strauss, gyda sêr yn ei llygaid a Sunny yn ei breichiau. Gadawodd y llyfrgell ac edrychodd Violet a Klaus ar ei gilydd drachefn gan ochneidio.

"Mae hi wedi'i swyno gan y theatr," meddai Klaus. "Ddaw hi byth i weld fod Iarll Olaf yn gwneud drygioni, waeth beth wnawn ni."

"Fydde hi ddim yn rhoi help i ni, ta beth," meddai Violet yn bruddglwyfus. "Barnwr yw hi a byddai hi'n siŵr o fwmblan am *in loco parentis* fel y gwnaeth Mr Poe."

"Dyna pam mae'n rhaid inni ddod o hyd i reswm cyfreithiol i atal y perfformiad," meddai Klaus yn gadarn. "Wyt ti wedi dod o hyd i rywbeth yn dy lyfr di eto?"

"Dim byd defnyddiol," atebodd Violet, gan edrych

i lawr ar ddarn o bapur lle bu hi'n gwneud nodiadau. "Hanner can mlynedd yn ôl, gadawodd menyw swm anferth o arian i'w gwenci anwes a'r un ddimai goch i'w thri mab. Fe drion nhw brofi fod eu mam yn wallgof, fel y gallen nhw wedyn gael eu dwylo ar yr arian."

"A beth ddigwyddodd?" gofynnodd Klaus.

"Bu farw'r wenci, dw i'n meddwl," atebodd Violet. "Alla i ddim bod yn siŵr. Bydd angen imi fynd i edrych beth yw ystyr ambell air."

"Wela i ddim fod hynny'n ein helpu ni, ta beth," meddai Klaus.

"Efallai fod Iarll Olaf yn ceisio profi ein bod *ni*'n wallgo, fel y gall e gael yr arian."

"A sut mae gwneud inni berfformio yn *Y Briodas Fendigedig* yn profi ein bod ni'n wallgo?" gofynnodd Klaus.

"Wn i ddim," cyfaddefodd Violet. "Wyt ti wedi dod o hyd i rywbeth?"

"Tua'r un adeg ag achos y wraig a'r wenci anwes," dechreuodd Klaus, gan fodio trwy lyfr anferth roedd e wedi bod yn ei ddarllen, "roedd criw o actorion yn gwneud cynhyrchiad o ddrama Shakespeare, *Macbeth*, a doedd yr un ohonyn nhw'n gwisgo dillad."

Gwridodd Violet. "Roedden nhw'n noethlymun ar y llwyfan, ti'n ei feddwl?"

"Dim ond dros dro," meddai Klaus gan wenu. "Daeth yr heddlu a chau'r cynhyrchiad. Dw i ddim yn meddwl fod hynny fawr o werth i ni, chwaith, ond roedd yn eitha difyr i'w ddarllen."

Ochneidiodd Violet. "Beth petai dim drygioni ar y gweill gan Iarll Olaf?" gofynnodd. "Does gen i ddim diddordeb perfformio yn y ddrama, ond efallai ein bod ni'n mynd i gwrdd â gofid. Efallai mai dim ond eisiau inni deimlo'n fwy cartrefol y mae e, wedi'r cwbl."

"Sut alli di feddwl hynny?" bloeddiodd Klaus. "Mae e wedi 'mwrw i ar draws fy wyneb."

"Ond does dim modd iddo gael ei ddwylo ar ein ffortiwn ni drwy wneud inni actio mewn drama," meddai Violet. "Mae fy llygaid i wedi blino ar ddarllen y llyfrau 'ma, a 'dyn ni ddim callach ar ôl gwneud. Rwy'n mynd allan i helpu Ustus Strauss yn yr ardd."

Gwyliodd Klaus ei chwaer yn gadael y llyfrgell a theimlodd don o anobaith yn golchi drosto. Doedd fawr o amser i fynd cyn diwrnod y perfformiad, a doedd e ddim hyd yn oed wedi dod i ddeall beth oedd cynllun Iarll Olaf eto, heb sôn am ddod o hyd i ffordd o'i rwystro. Ar hyd ei oes, roedd Klaus wedi credu y gallech chi ddatrys unrhyw broblem dim ond ichi ddarllen digon o lyfrau. Ond nawr, doedd e ddim mor siŵr.

"Ti, fachgen!" Brawychwyd Klaus gan lais o gyfeiriad y drws. "Mae Iarll Olaf wedi 'nanfon i edrych amdanoch. Rhaid ichi ddychwelyd i'r tŷ ar eich union."

Un o griw theatr Iarll Olaf oedd yno, yr un â chanddo fachau yn lle dwylo. "Beth wyt ti'n ei wneud yn yr hen ystafell lychlyd 'ma, ta beth?" gofynnodd yn ei hen grawc o lais. Cerddodd draw at lle roedd Klaus yn eistedd a chan gulhau ei lygaid barcud, darllenodd deitl un o'r llyfrau. "*Cyfraith Etifeddu a'i Hoblygiadau?*" meddai'n finiog. "Pam wyt ti'n darllen peth felly?"

"Pam wyt ti'n meddwl 'mod i'n ei ddarllen?"

meddai Klaus yn ôl wrtho.

"Ddeuda i wrthyt ti be dw i'n ei feddwl," meddai'r dyn, gan roi un o'i fachau erchyll ar ysgwydd Klaus. "Dw i'n meddwl na ddylet ti gael dod i'r llyfrgell hon eto. Ddim tan ar ôl dydd Gwener, o leia. Does dim byd yn waeth na bachgen bach yn cael syniadau mawr yn ei ben. Nawr, lle mae dy chwaer di a'r babi hyll 'na?"

"Yn yr ardd," atebodd Klaus gan ysgwyd y bachyn oddi ar ei ysgwydd. "Pam nad ei di i'w nôl nhw?"

Pwysodd y dyn i gyfeiriad Klaus nes bod ei ben fodfeddi'n unig oddi wrtho, ac yn cywasgu'n un stwnsh aneglur. "Gwranda arna i'n ofalus iawn, fachgen bach," meddai, gan anadlu allan anwedd aflan gyda phob gair. "Yr unig reswm nad yw Iarll Ollaf wedi dy falu di'n ddarnau, gymal wrth gymal, hyd yn hyn, yw am nad yw e wedi cael ei ddwylo ar yr arian eto. Mae'n caniatáu ichi fyw tra'i fod e'n meddwl am ffordd o allu gwneud hynny. Ond hola hyn i ti dy hun, y llyfrbry bach ag wyt ti; pa reswm fydd ganddo i'ch cadw chi'n fyw ar ôl iddo fachu'r arian? Be feddyli di fydd ganddo ar eich cyfer chi'ch

83

tri wedyn?"

Gallai Klaus deimlo awel oer yn chwythu trwyddo wrth i'r dyn ofnadwy siarad. Doedd e erioed wedi cael cymaint o fraw yn ei fyw. Crynai ei freichiau a'i goesau, fel petai'n dioddef ffit o ryw fath. O'i geg, yr unig synau a ddôi allan oedd rhai tebyg i'r hyn a glywyd gan Sunny fel arfer. "A ...," brwydrodd i ddweud rhywbeth, ond tagodd cyn i ddim byd arall ddod allan. "A ..."

"Pan ddaw'r amser," aeth dyn y bachau dieflig yn ei flaen, gan anwybyddu synau Klaus, "synnwn i fawr na fydd Iarll Olaf yn gadael i mi ddelio â chi. Felly, taswn i'n chi, mi faswn i'n dechrau cadw hynny mewn cof." Ar hynny, safodd yn syth unwaith eto, gyda'r bachau'n wynebu Klaus a'r golau oedd yn dod o'r lampau darllen yn adlewyrchu oddi ar y ddau declyn aflan. "Nawr, esgusoda fi, ond rhaid imi fynd i nôl dy chwiorydd amddifad."

Aeth corff Klaus yn wan drwyddo wrth i'r dyn dwylo bachau adael yr ystafell. Roedd am eistedd yno am eiliad i gael ei wynt ato, ond roedd ei feddwl yn gwrthod gadael iddo wneud hynny. Dyma'i dro olaf yn y llyfrgell a'i gyfle olaf i drechu drygioni Iarll Olaf, efallai. Ond beth i'w wneud? Gyda llais dyn y bachau i'w glywed yn y pellter yn siarad ag Ustus Strauss yn yr ardd, rhuthrodd llygaid Klaus i bob cyfeiriad, yn y gobaith o daro ar rywbeth a allai fod o gymorth. Yna, ag yntau'n clywed sŵn traed yn camu tuag ato o gyfeiriad yr ardd, sylwodd ar un llyfr ac estynnodd law amdano. Tynnodd odre'i grys o'i drowsus a chuddiodd y llyfr yno, cyn gwthio'r crys yn ôl i'w drowsus. Gorffen yr orchwyl oedd e pan gamodd y dyn dwylo bachau i mewn i'r llyfrgell drachefn, gyda Violet wrth ei gwt a Sunny, oedd yn gwneud ei gorau glas i gnoi'r ddau fachyn, yn ei freichiau.

"Bant â ni 'te!" meddai Klaus, gan arwain y ffordd allan o'r llyfrgell cyn i'r dyn gael cyfle i edrych arno'n iawn. Cerddodd nerth ei draed, gan obeithio na fyddai neb yn sylwi ar y lwmp siâp llyfr o dan ei grys. Pwy a ŵyr, efallai taw'r llyfr roedd e'n ei smyglo o dŷ Ustus Strauss oedd yr union un a fyddai'n achub eu bywydau.

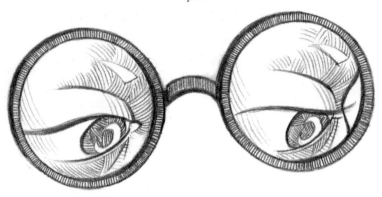

Bu Klaus ar ddihun yn darllen drwy'r nos – rhywbeth roedd fel arfer wrth ei fodd yn ei wneud. Pan oedd ei rieni'n fyw, byddai Klaus yn mynd â fflachlamp gydag e i'r gwely er mwyn gallu cuddio o dan y cwrlid a darllen nes i'w lygaid fethu cadw ar agor funud yn rhagor. Ambell fore, pan fyddai ei dad yn dod i'w ystafell i'w ddeffro, dyna lle byddai Klaus yn dal i gysgu, y fflachlamp yn dynn mewn un llaw a llyfr yn y llall. Ond y noson arbennig hon, wrth gwrs, roedd yr amgylchiadau'n wahanol iawn.

Safai Klaus wrth y ffenestr, yn brwydro i ddarllen y llyfr yng ngolau'r lleuad a lifai'n wan drwy'r ffenestr. Taflodd olwg ar ei chwiorydd bob yn awr ac yn y man. Dim ond yn ysbeidiol y cysgai Violet – mae "yn ysbeidiol" yma'n golygu "gyda llawer o droi a throsi" – ar y gwely anghysurus. Roedd Sunny wedi ymwthio'i hun i ganol y llenni ac yn edrych fel darn o ddefnydd ei hun. Doedd e ddim wedi sôn gair am y llyfr wrth yr un o'r ddwy, achos doedd e ddim am godi eu gobeithion yn ofer. Wyddai e ddim a allai'r llyfr eu helpu ai peidio?

Roedd y llyfr yn hir ac yn anodd i'w ddarllen a chododd blinder mawr ar Klaus wrth i'r noson fynd yn ei blaen. Ambell waith, byddai ei lygaid yn cau. Dro arall, byddai'n cael ei hun yn darllen yr un frawddeg ddwywaith. Byddai'n cael ei hun yn darllen yr un frawddeg ddwywaith. Byddai'n cael ei hun yn darllen yr un frawddeg ddwywaith. Yna byddai'n cofio fel roedd bachau ffrind Iarll Olaf wedi disgleirio yn y llyfrgell, a gallai eu dychmygu nhw'n rhwygo'i gnawd, ac yna byddai'n mynd yn ôl at y darllen.

Torrodd ddarn o bapur y daeth o hyd iddo'n stribedi, er mwyn nodi rhai rhannau arwyddocaol yn y llyfr.

Erbyn i'r golau llwyd droi'n wawr tu allan, roedd Klaus wedi darganfod popeth roedd angen iddo ddarganfod. Cododd ei obeithion gyda'r haul. Yna, pan ddechreuodd sŵn trydar yr ychydig adar oedd wedi codi'n fore, camodd Klaus ar flaenau ei draed draw at y drws ac agorodd ef yn araf, gan gymryd gofal i beidio â deffro Violet oedd yn troi a throsi, na Sunny oedd yn dal ynghudd mewn pentwr o lenni. Yna aeth i'r gegin ac eistedd i aros am Iarll Olaf.

Ni fu'n rhaid rhaid iddo aros yn hir cyn iddo glywed Olaf yn bustachu ei ffordd i lawr grisiau'r tŵr. Pan gerddodd hwnnw i mewn i'r gegin, gwelodd Klaus yn eistedd yno a chrechwenodd – gair sydd yma'n golygu "gwenu mewn ffordd gas a dirmygus".

"Hylô, amddifad," meddai. "Rwyt ti wedi codi'n fore."

Curai calon Klaus yn gyflym, ond teimlai'n dawel iawn ar y tu allan, fel petai'n gwisgo haenen o arfwisg anweledig. "Dw i wedi bod ar fy nhraed drwy'r nos," meddai, "yn darllen y llyfr hwn." Rhoddodd y llyfr ar y bwrdd fel y gallai Olaf ei weld. "Ei deitl yw *Y Gyfraith ar Briodas* a dw i wedi dysgu pob math o bethau diddorol wrth ei ddarllen."

Roedd Olaf wedi tynnu potel o win o gwpwrdd er mwyn tywallt brecwast iddo'i hun, ond pan welodd y llyfr fe oedodd, ac eisteddodd i lawr.

"Lle cest ti'r llyfr 'na?" arthiodd Olaf.

"O lyfrgell Ustus Strauss," atebodd Klaus. "Ond dyw hynny ddim yn bwysig. Yr hyn sydd yn bwysig yw 'mod i wedi darganfod pa ddrygioni sydd 'da chi ar y gweill."

"Felly'n wir!" meddai Iarll Olaf, ei un ael yn codi fry. "A pha ddrygioni yw hwnnw, y brych bach?"

Anwybyddodd Klaus y sen a daflwyd tuag ato ac agorodd y llyfr lle roedd un o'r darnau papur wedi'i osod. "'Mae'r cyfreithiau sy'n ymwneud â phriodas yn syml iawn yn y gymdeithas hon,'" darllenodd yn uchel. "'Y gofynion yw hyn: presenoldeb barnwr, y briodferch a'r priodfab i ddweud "Gwnaf", a'r briodferch i lofnodi dogfen eglurhaol a ysgrifennwyd yn ei llawysgrifen ei hun.'" Rhoddodd Klaus y llyfr i lawr a chododd ei fys at Iarll Olaf. "Os yw'n chwaer i'n dweud 'Gwnaf' ac yn llofnodi darn o bapur tra bod Ustus Strauss yn yr ystafell, yna mae hi'n gyfreithiol briod. Y ddrama 'ma sy'n cael ei threfnu 'da chi – nid *Y Briodas Fendigedig* ddylai ei theitl hi fod, ond *Y Briodas Felltith*! Nid yn ffigurol rydych chi'n cynllunio i briodi Violet, ond yn llythrennol! Nid esgus fydd y ddrama 'ma, ond seremoni sy'n ddilys yng ngolwg y gyfraith."

Chwarddodd Iarll Olaf hen chwerthiniad bach cryg a garw. "Dyw Violet ddim yn ddigon hen i briodi."

Fe all hi briodi os yw hi'n cael caniatâd ei gwarchodwr cyfreithiol, sy'n gweithredu *in loco parentis*," meddai Klaus. "Dw i wedi darllen am hynny hefyd. Allwch chi 'mo 'nhwyllo i."

"Pam yn y byd fyddwn i am briodi dy chwaer?" gofynnodd Iarll Olaf. "Mae'n wir ei bod hi'n dlws iawn, ond gall dyn fel fi gael faint a fynn e o wragedd hardd."

Aeth Klaus at ran arall o'r *Gyfraith ar Briodas*. "Mae gan ŵr cyfreithlon," darllenodd yn uchel, "yr hawl i reoli unrhyw arian sy'n eiddo i'w wraig gyfreithlon." Rhythodd Klaus ar Iarll Olaf yn fuddugoliaethus. "Er mwyn rheoli ffortiwn y Baudelairiaid rydych chi'n mynd i briodi fy chwaer! Neu o leia, dyna'ch *bwriad* chi. Ond pan fydda i'n dangos yr holl wybodaeth 'ma i Mr Poe, chaiff y ddrama *mo*'i pherfformio, ac fe gewch chi fynd i'r carchar!"

Aeth llygaid Iarll Olaf yn sgleiniog, ond parhaodd i grechwenu ar Klaus. Synnwyd Klaus gan hyn. Roedd e wedi tybio y byddai'r dyn hwn yn troi'n gas iawn, ac efallai'n dreisgar, ar ôl gadael iddo wybod popeth yr oedd wedi'i ddarganfod amdano. Wedi'r cyfan, roedd e wedi mynd yn wyllt gacwn ar ôl iddo gael saws puttanesca yn lle cig eidion rhost. Siawns na fyddai wedi colli arno'i hun yn llwyr o ddeall fod Klaus yn gwybod am ei gynllwyn. Ond eistedd yno'n bwyllog wnaeth Iarll Olaf, yn union fel petaen nhw'n trafod y tywydd.

"Rwyt ti wedi fy nhrechu, mae'n debyg," meddai Iarll olaf yn dawel. "Rhaid mai ti sy'n iawn. Fe af i i garchar ac fe ei di a'r amddifaid eraill yn rhydd. Nawr, pam nad ei di lan lofft i ddeffro dy chwiorydd?

Fe fyddan nhw wrth eu bodd yn clywed fel y cest ti'r gorau arna i."

Syllodd Klaus yn fanwl ar Iarll Olaf oedd yn dal i wenu fel petai e newydd ddweud jôc dda. Pam nad oedd e'n bygwth Klaus? Neu'n rhwygo'i wallt o'i wreiddiau mewn rhwystredigaeth? Neu'n rhedeg i hel ei bethau ynghyd er mwyn dianc? Nid fel hyn roedd Klaus wedi dychmygu y byddai'n ymateb o gwbl.

"Wel, dyna *wna* i 'te," meddai, ac aeth yn ôl i'r ystafell wely lle roedd Violet yn dal i gysgu ar y gwely a Sunny'n dal i guddio yn y llenni.

"Dw i wedi bod ar fy nhraed drwy'r nos yn darllen," meddai Klaus wrth Violet, ar ôl iddo'i deffro hi yn gyntaf. "A dw i wedi darganfod be sy ar y gweill. Mae Iarll Olaf yn bwriadu dy briodi di go iawn, pan fyddi di ac Ustus Strauss a phawb yn meddwl mai dim ond drama yw'r cyfan. Petai e'n ŵr cyfreithlon i ti, fe fyddai e wedyn yn rheoli'r arian a gallai gael gwared arnon ni."

"Sut all e 'mhriodi i go iawn?" holodd Violet. "Dim ond drama yw hi!"

"Unig ofynion cyfreithlon priodas yn ein

cymdeithas ni," eglurodd Klaus, gan godi'r *Gyfraith ar Briodas* yn yr awyr, "yw i ti ddweud 'Gwnaf' ac arwyddo dogfen a ysgrifennwyd yn dy lawysgrifen di o flaen barnwr – fel Ustus Strauss!"

"Ond dw i ddim yn ddigon hen i briodi eto," meddai Violet. "Dim ond pedair ar ddeg ydw i."

"Gall merched o dan ddeunaw briodi gyda chaniatâd eu gwarchodwr cyfreithiol," meddai Klaus wrth droi tudalennau'r llyfr i gyrraedd yr adran oedd yn profi hynny. "Ac yn dy achos di, Iarll Olaf yw hwnnw."

"O, na!" criodd Violet. "Beth allwn ni ei wneud?"

"Fe allwn ni ddangos hwn i Mr Poe," meddai Klaus, gan gyfeirio eto at y llyfr. "Fe fydd yn rhaid iddo ein credu y tro hwn. Dere'n glou! Gwisga amdanat ac fe wna i ddeffro Sunny, er mwyn i ni gael bod yn y banc erbyn iddo agor."

Un ara deg oedd Violet fel arfer yn y bore, ond nodiodd a chododd o'r gwely ac aeth draw at y bocs cardfwrdd i nôl ei dillad. Aeth Klaus draw at y pentwr o lenni lle roedd Sunny'n cuddio.

"Sunny," galwodd yn garedig, gan roi ei law i

mewn i'w hysgwyd yn ysgafn. "Sunny!"

Doedd dim ateb. Galwodd Klaus ei henw eto, a chododd yr haenen uchaf o ddefnydd. "Sunny!" meddai eto fyth, ond yna stopiodd. O dan y llenni, doedd dim byd ond mwy o lenni. Twriodd drwy'r gwahanol haenau ond doedd dim golwg o'i chwaer fach yn unman. "*Sunny!*" sgrechiodd wedyn, gan edrych o gwmpas yr ystafell.

Disgynnodd y ffrog yn nwylo Violet i'r llawr a dechreuodd hithau edrych ym mhobman. Pob twll. Pob cornel. O dan y gwely. Hyd yn oed yn y bocs cardfwrdd. Fe edrychodd Klaus a hithau ym mhobman. Ond roedd Sunny wedi mynd.

"Ble all hi fod?" gofynnodd Violet yn ofidus. "Dyw hi ddim y teip i redeg i ffwrdd."

"Ble all hi fod yn wir?" meddai llais y tu cefn iddyn nhw, ac wrth i'r ddau blentyn droi i gyfeiriad y drws, dyna lle roedd Iarll Olaf yn edrych arnyn nhw'n chwilio drwy'r ystafell. Sgleiniai ei lygaid yn fwy nag a wnaethon nhw erioed, ac roedd e'n dal i wenu fel petai e newydd ddweud jôc.

"*Ydy* wir," aeth Iarll Olaf yn ei flaen, "mae'n rhyfedd iawn fod 'na blentyn ar goll, yn enwedig un mor fach ac analluog i wneud dim trosti ei hun."

"Ble mae Sunny?" sgrechiodd Violet. "Be 'dach chi wedi'i wneud?"

Aeth Iarll Olaf yn ei flaen fel petai Violet heb siarad o gwbl. "Ond dyna fe! Mae dyn yn gweld y pethe rhyfedda bob dydd. Yn wir, dim ond i chi, ddau amddifad, fy nilyn i i'r iard gefn, rwy'n meddwl y gwelwch chi rywbeth braidd yn anghyffredin."

Ddywedodd y Baudelairiaid yr un gair, gan ddilyn

Iarll Olaf drwy'r tŷ ac allan i'r cefn. Doedd Violet ddim wedi bod yno ers y tro y bu'n rhaid iddi hi a Klaus dorri coed tân, ac edrychodd o gwmpas yr hen fuarth anniben. Dyna lle roedd y pentwr coed tân o hyd, heb ei gyffwrdd, fel petai'r Iarll wedi'u gorfodi i wneud y gwaith o ran sbort yn unig, heb unrhyw fwriad i ddefnyddio'r pren. Crynodd Violet gan naws oer y bore, achos roedd hi'n dal yn ei gŵn nos, ond doedd dim byd anghyffredin yno, tybiodd.

"Dych chi ddim yn edrych i'r cyfeiriad iawn," meddai Iarll Olaf. "Am blant sy'n darllen cymaint, mae rhywbeth yn reit dwp amdanoch chi'ch dau."

Edrychodd Violet draw i gyfeiriad Iarll Olaf, ond doedd hi ddim am gwrdd â'i lygaid. Y llygaid ar ei wyneb, hynny yw. Ei lygaid go iawn. Yn lle hynny, canolbwyntiodd ar edrych tua'r llawr, a gallai weld y tatŵ o lygad oedd wedi bod yn gwylio'r amddifaid Baudelaire ers dechrau eu gofidiau. Yna teithiodd ei golygon i fyny ar hyd ei gorff tenau yn ei ddillad di-lun, a daeth at fraich oedd yn pwyntio fry. Dilynodd ei llygaid i gyfeiriad y bys pwyntiedig a chafodd ei hun yn edrych i frig y twr gwaharddedig. Twr o gerrig budr oedd e, gydag un ffenestr unig o dan y to. O'r ffenestr honno, roedd yr hyn a edrychai fel cawell aderyn yn hongian.

"O, na!" meddai Klaus mewn llais bach pitw, ofnus ac edrychodd Violet am yr eilwaith. Ie, cawell aderyn *oedd* e, fel baner yn hongian yn yr awyr, ond y tu mewn i'r cawell gallai weld Sunny, yn fach a phryderus. Pan edrychodd Violet yn ofalus, gallai weld fod tâp dros geg Sunny a rhaffau wedi'u clymu amdani. Doedd dim modd yn y byd iddi symud.

"Gadewch iddi fynd!" meddai Violet wrth Iarll Olaf. "Wnaeth hi ddim byd i chi! Dim ond *babi* yw hi!"

"Wel, nawr," meddai Iarll Olaf, gan eistedd ar foncyff. "Os wyt ti mewn gwirionedd am imi adael iddi fynd, fe wnaf. Ond siawns nad yw twpsen fel ti hyd yn oed yn gallu gweld na fyddai Sunny fach yn debyg o oroesi codwm o'r uchder yna i lawr i'r ddaear petawn i – neu i fod yn fanwl gywir, un o'm ffrindiau – yn 'gadael iddi fynd'. Mae'r tŵr yn ymestyn tri deg troedfedd i'r awyr, sy'n nifer fawr o droedfeddi i berson bach pitw i ddisgyn, hyd yn oed pan mae hi

mewn cawell. Ond os wyt ti'n mynnu …"

"*Na*!" bloeddiodd Klaus. "*Peidiwch*!"

Edrychodd Violet i lygaid Iarll Olaf ac yna ar y parsel bychan oedd yn chwaer iddi, yn hofran yn yr awel fry uwchben. Dychmygodd Sunny'n disgyn o'r twˆr i'r ddaear, a dychmygodd mor arswydus fyddai meddyliau olaf ei chwaer petai hynny'n digwydd. "O, da chi!" meddai wrth Olaf, a gallai glywed y dagrau'n cronni yn ei llygaid wrth siarad. "Dim ond babi yw hi. Fe wnawn ni *unrhyw beth* … *unrhyw beth*. Jest peidiwch â rhoi loes iddi."

"*Unrhyw beth?*" gofynnodd Iarll Olaf, ei ael yn codi. Pwysodd i gyfeiriad Violet a rhythodd ym myw ei llygaid. "*Unrhyw beth?* A fyddet ti, er enghraifft, yn ystyried fy mhriodi i yn ystod perfformiad nos yfory?"

Rhythodd Violet yn ôl arno. Corddai ei stumog, bron fel petai *hi*'n cael ei thaflu o uchder mawr. Y peth gwirioneddol arswydus am Olaf, sylweddolodd, oedd ei fod e'n reit glyfar wedi'r cwbl. Nid yn unig roedd e'n hen fwli meddw annymunol, roedd e'n hen fwli meddw annymunol clyfar.

"Tra'ch bod chi'ch dau'n brysur yn darllen llyfrau

ac yn gwneud cyhuddiadau," meddai Iarll Olaf, "fe ges i un o 'nghyfeillion tawelaf a mwya sinachlyd i gripian i mewn i'ch stafell wely chi a chipio Sunny fach. Mae hi'n ddigon diogel ... am nawr. Ond rwy'n ei hystyried yn bastwn wrth ben-ôl mul styfnig."

"Nid pastwn yw ein chwaer," meddai Klaus.

"Dyw mul styfnig ddim yn symud i'r cyfeiriad mae ei feistr am iddo fynd," eglurodd Iarll Olaf. "Yn hynny o beth, mae e'n union fel chi blant, yn mynnu drysu fy nghynlluniau. Fe ddywed perchennog pob mul wrthych mai'r unig ffordd i gael mul styfnig i symud i'r cyfeiriad cywir yw rhoi moronen o dan ei drwyn a phastwn wrth ei ben-ôl. Bydd yn symud i gyfeiriad y foronen am ei fod eisiau bwyd fel gwobr, ac yn symud i ffwrdd o gyfeiriad y pastwn achos dyw e ddim eisiau dioddef poen y gosb. Yn yr un modd, fe wnewch chi yr hyn rwy'n ei ddweud i osgoi'r gosb o golli eich chwaer, ac i ennill y wobr o oroesi'r profiad hwn. Nawr, Violet, fe ofynna i ti unwaith eto: *wnei* di 'mhriodi i?"

Llyncodd Violet ei phoer ac edrychodd i lawr ar datŵs Iarll Olaf. Doedd dim modd yn y byd iddi allu ateb.

"Dere nawr," meddai Iarll Olaf, ei lais yn cogio – gair sydd yma'n golygu "esgus" – caredigrwydd. Estynnodd law i fwytho gwallt Violet. "A fyddai bod yn briodferch i mi mor ofnadwy â hynny? Cael byw weddill dy oes yn y tŷ hwn? Rwyt ti'n ferch mor hyfryd, wna i ddim cael gwared arnat ti fel dy frawd a dy chwaer."

Dychmygodd Violet y profiad o gysgu yn ymyl Iarll Olaf a deffro i weld ei wyneb arswydus. Gallai ei gweld ei hun yn cerdded o gwmpas y tŷ yn ceisio'i osgoi drwy'r dydd, gan goginio ar gyfer ei ffrindiau ofnadwy gyda'r nos – bob nos, efallai, am weddill ei hoes. Ond yna, edrychodd i fyny i gyfeiriad ei chwaer druan, a gwyddai beth oedd yn rhaid i'w hateb fod.

"Os gwnewch chi adael Sunny'n rhydd," meddai o'r diwedd, "fe wna i'ch priodi chi."

"Fe wna i adael Sunny'n rhydd ar ôl y perfformiad nos yfory," atebodd Iarll Olaf. "Yn y cyfamser, fe gaiff hi aros yn y twr. Ac rwy'n eich rhybuddio chi fod fy ffrindiau'n gwarchod gwaelod y grisiau – rhag ofn ichi fod mor ffôl â breuddwydio y gallwch chi fynd i'w hachub, yntê?"

"Dyn diawledig ydych chi, Iarll Olaf," poerodd Klaus, ond dim ond gwenu wnaeth hwnnw.

"Efallai 'mod i'n ddyn diawledig," meddai Iarll Olaf wedyn, "ond fe ddois i o hyd i ffordd o gael gafael ar eich ffortiwn chi, yn do? Sy'n fwy nag y llwyddoch chi i'w wneud." Gyda hynny, dechreuodd frasgamu tua'r tŷ. "Cofiwch hynny, amddifaid," aeth yn ei flaen. "Chi sydd fwya darllengar, mae'n siŵr, ond doedd hynny fawr o help ichi gael y gorau arna i. Nawr, rhowch y llyfr 'na i mi ac ewch at eich gwaith."

Ochneidiodd Klaus ac ildiodd – sydd yma'n golygu "rhoddodd, er nad oedd am wneud hynny o gwbl" – y llyfr ar gyfraith briodasol i'r Iarll. Dechreuodd ddilyn y dyn, ond nid felly Violet. Doedd hi heb wrando ar air o araith olaf Olaf, gan dybio mai dim ond canmol ei hun a lladd ar y Baudelairiaid fyddai e, fel arfer. Yn lle hynny, safodd yn stond i rythu ar y tŵr. Nid ei ben uchaf, lle roedd Sunny'n hongian yn y cawell, ond ei uchder ar ei hyd.

Pan drodd Klaus yn ôl i edrych arni, gwelodd rywbeth nad oedd wedi'i weld ers amser. I'r rhai nad oedd yn ei nabod hi'n dda, doedd dim byd yn ymddangos yn anarferol amdani, ond byddai unrhyw un oedd yn ei nabod yn dda yn gwybod bod gweld Violet yn clymu ei gwallt â rhuban i'w gadw allan o'i llygaid yn golygu fod y gêrs a'r lifers yn ei hymennydd dyfeisgar yn chwyrlïo fel top.

Y noson honno, tro Klaus oedd hi i gysgu
yn y gwely, a thro Violet oedd hi i aros ar
ddi-hun drwy'r nos, yn gweithio yng
ngolau'r lleuad. Drwy'r dydd, bu'r ddau
amddifad yn crwydro o gwmpas y tŷ yn
gwneud eu hamrywiol ddyletswyddau, heb
siarad â'i gilydd o gwbl, bron. Roedd Klaus
dan bwysau blinder a gofid mawr ac roedd
Violet wedi cau ei hun yn y rhan honno o'i
hymennydd lle byddai hi'n dyfeisio, yn rhy
brysur yn cynllunio i allu siarad fawr ddim.

Wrth iddi nosi, cydiodd Violet yn y llenni a
fu'n wely i Sunny a'u cario at ddrws y tŵr, lle
roedd un o griw theatr Iarll Olaf – yr un
anferth nad oedd yn edrych fel dyn na menyw
– yn gwarchod. Gofynnodd Violet a gâi hi
fynd â'r blancedi i'w chwaer i'w chadw'n
gynnes yn ystod y nos. Heb dorri gair â hi,

edrychodd y creadur anferth ar Violet gyda'i lygaid gwyn, gwag gan amneidio arni i fynd i ffwrdd.

Gwyddai Violet, wrth gwrs, mai ofer oedd credu y gallai Sunny gael cysur o ryw hen lenni di-raen, ond roedd hi wedi gobeithio cael cyfle i'w chofleidio am funud neu ddau er mwyn cael dweud wrthi y byddai popeth yn iawn. Roedd hi hefyd am achub ar y cyfle i gymryd golwg ar y lle. Gwyddai fod lladron a phobl ddrwg eraill yn gwneud hynny'n aml wrth gynllunio'r drygioni oedd ganddyn nhw ar y gweill. Er enghraifft, byddai giang oedd am ddwyn o fanc fel arfer yn mynd i mewn i'r banc ymlaen llaw, i weld ble roedd y cownteri a'r camerâu, ac ati.

Wrth gwrs, doedd Violet ddim am weld sut le oedd ym mhen ucha'r twr er mwyn troseddu. Achub Sunny oedd unig nod Violet ond, gan nad hi oedd wedi cael cyfle i weld dim, teimlai'n nerfus iawn wrth eistedd yno wrth y ffenestr yn gweithio ar ei dyfais.

Prin iawn oedd y defnyddiau oedd ganddi wrth law i allu creu dim byd, a doedd hi ddim am grwydro o gwmpas y tŷ yn chwilio am ragor, rhag ofn i Iarll Olaf a'i griw amau dim. Ond roedd ganddi ddigon o bethau i greu dyfais achub ar gyfer Sunny.

Uwchben y ffenestr, roedd darn hir o fetel cryf lle roedd y llenni yn arfer hongian, a thynnodd Violet hwnnw i lawr. Gan ddefnyddio carreg o'r pentwr roedd Olaf wedi'i adael iddynt yn y cornel, torrodd y darn metel yn ddau. Yna gwasgodd y ddau ddarn yn ôl ac ymlaen i ffurfio onglau igam-ogam, gan sgathru – gair sydd yma'n golygu "cael nifer o fân doriadau ar wyneb y croen" – ei dwylo. Tynnodd lun y llygad oddi ar y wal. Ar ei gefn roedd y weiren a gâi ei defnyddio i hongian y llun ar y bachyn. Datgysylltodd y weiren oddi wrth ffrâm y llun ai defnyddio i glymu'r ddau ddarn metel ynghyd. Roedd Violet wedi creu rhywbeth a edrychai fel corryn mawr metel.

Aeth draw at y bocs cardfwrdd a dewis y dilledyn hyllaf o blith y rhai a brynodd Mrs Poe iddynt, gan wybod na fyddai'r un o'r plant Baudelaire am wisgo'r dilledyn hwn byth, waeth pa mor ddrwg oedd pethau arnynt. Mor gyflym a thawel â phosibl, rhwygodd y dilledyn yn garpiau – stribedi hir a chul – a chlymodd nhw ynghyd. Drwy lwc, roedd gan Violet wybodaeth dda o wahanol fathau o glymau, a Thafod y Gŵr

Drwg oedd enw'r cwlwm arbennig a ddefnyddiodd.
Ciwed o fôr-ladron benywaidd o'r Ffindir
ddyfeisiodd y cwlwm hwn yn y bymthegfed ganrif, ac
fe ddewison nhw'r enw am ei fod yn gwlwm oedd yn
troi a throsi i bob cyfeiriad, yn gymhleth ac yn iasol.
Cwlwm defnyddiol iawn yw Tafod y Gŵr Drwg ac
erbyn i Violet glymu'r carpiau i gyd ynghyd,
edrychai'r cyfan fel darn o raff.

Wrth weithio'n galed trwy gydol y nos, roedd hi
wedi meddwl lawer gwaith am eiriau ei rhieni pan
gafodd Klaus ei eni – geiriau roedden nhw wedi'u
dweud wrthi eto pan ddaethon nhw â Sunny adre o'r
ysbyty. "Ti yw'r hynaf o'r plant Baudelaire," roedden
nhw wedi'i ddweud, yn garedig ac yn gadarn. "Fel y
plentyn hynaf, dy gyfrifoldeb di bob amser fydd
edrych ar ôl dy frawd a dy chwaer iau. Addo inni y
byddi di'n eu gwarchod bob amser ac yn gofalu na
ddôn nhw i unrhyw niwed."

Cofiodd Violet ei haddewid, a chofiodd am y clais
ar wyneb Klaus ac am Sunny'n dal i hongian o
ffenestr y twr, a gweithiodd yn galetach fyth. Er mai
Iarll Olaf oedd achos yr holl loes, wrth gwrs, teimlai

Violet ei bod hi rywsut ar fai ac wedi torri ei haddewid i'w rhieni, a thyngodd lw iddi hi ei hun ei bod hi am wneud popeth yn iawn drachefn.

O'r diwedd, a hithau wedi rhwygo digon o'r dillad hyll, gobeithiai Violet fod ganddi raff tua thri deg troedfedd. Clymodd un pen ohoni wrth y corryn metel ac edrychodd ar ei gwaith llaw. Yr hyn roedd hi wedi'i wneud oedd gafaelfach – gair sy'n cyfuno'r geiriau "gafael" a "bachyn". Defnyddir gafaelfach yn aml i ddringo ochr adeiladau, a hynny'n aml pan mae pobl yn gwneud drygioni. Trwy fachu'r bachyn metel yn sownd wrth rywbeth ar y to, mae'r rhaff wedyn yn ddiogel ar gyfer ei dringo. Gobaith Violet oedd cyrraedd pen y tŵr, rhyddhau Sunny a dringo i lawr drachefn. Roedd llawer o beryglon ynghlwm wrth y cynllun hwn. Mae dringo wastad yn beryglus ac mae angen gofal mawr, a doedd hi ddim wedi prynu bachyn go iawn o siop sy'n gwerthu taclau o'r fath. Ond gwneud ei gafaelach ei hun oedd y peth gorau allai Violet feddwl amdano dan y fath amgylchiadau.

Penderfynodd ddweud dim wrth Klaus am ei chynllun, rhag ofn iddi godi ei obeithion yn ofer, a

llithrodd drwy'r drws ar flaenau ei thraed rhag ei
ddeffro, gan gydio'n dynn yn ei gafaelfach.

Pan gyrhaeddodd gefn y tŷ, sylweddolodd fod ei
chynllun hyd yn oed yn fwy anodd nag y
sylweddolodd cynt. Roedd hi'n noson dawel, oedd yn
golygu nad oedd fiw iddi gadw smic o sŵn. Ar ben
hynny, roedd hi'n noson braidd yn wyntog a phan
feddyliodd Violet amdani'i hun yn ysgwyd yn yr awel
wrth iddi ddal yn dynn mewn hen raff o ddillad hyll,
bu bron iddi roi heibio'r syniad yn gyfan gwbl. Roedd
hi'n noson dywyll hefyd ac roedd hi'n anodd gweld
ble ar ben y tŵr y gallai fachu'r gafaelfach. Ond
gwyddai Violet, a hithau'n crynu yn ei gŵn nos, fod
yn rhaid iddi roi cynnig arni. Gan ddefnyddio'i llaw
dde, taflodd y bachyn mor uchel â phosibl ac aros i
weld a fachodd ar rywbeth.

Clang! Gwnaeth y metel sŵn wrth daro rhywbeth,
ond doedd y gafaelfach ddim wedi gafael mewn dim
byd eto. Disgynnodd yn ôl ati. Pwniai calon Violet fel
gordd yn ei bron, a gofidiai fod Iarll Olaf neu un o'i
gynorthwywyr ar fin dod i weld beth oedd yn cadw
sŵn. Ond ddaeth neb. Ar ôl rhai eiliadau, chwyrlïodd

y rhaff fel lasŵ uwch ei phen unwaith eto.

Clang! Clang! Trawodd y gafaelfach y twr ddwywaith wrth iddo ddisgyn i'r ddaear drachefn. Unwaith eto, gwrandawodd Violet yn astud am sŵn traed, ond unwaith eto, chlywai hi ddim ond curiad ei chalon ei hun. Penderfynodd roi un cynnig olaf arni.

Clang! Trawodd y gafaelfach y twr y tro hwn eto, cyn disgyn i'r llawr gan fwrw ysgwydd Violet wrth wneud hynny. Torrodd un darn o'r metel trwy ddefnydd ei gŵn nos a sgathru ei chroen. Gan gnoi ei llaw i'w hatal rhag sgrechian mewn poen, cododd Violet y llall at ei hysgwydd er mwyn cyffwrdd â'r man lle roedd y boen. Roedd yn wlyb gan waed a'i braich yn gwingo mewn poen.

Petawn i'n Violet, dyma pryd fyddwn i wedi rhoi'r ffidl yn y to – ymadrodd sy'n golygu "rhoi'r gorau i wneud rhywbeth rydych chi wedi ceisio ei wneud sawl gwaith a methu". Fe feddyliodd Violet am wneud hynny ond, fel roedd hi ar fin mynd yn ôl i'r tŷ, cofiodd cymaint o ofn fyddai ar Sunny ac, yn sydyn, fe anwybyddodd y boen yn ei hysgwydd. Cododd y gafaelfach a thaflodd ef i fyny unwaith eto gyda'i llaw dde.

Cla … Daeth sŵn y *Clang!* arferol i ben hanner ffordd ac yng ngolau gwan y lleuad, gallai Violet weld nad oedd y gafaelfach am ddisgyn y tro hwn. Tynnodd yn siarp ar y rhaff a daliodd yn sownd. Roedd ei dyfais wedi gweithio!

Gan ddal yn dynn yn y rhaff, dechreuodd gerdded i fyny ochr y tŵr. Caeodd ei llygaid wrth ddechrau dringo. Doedd fiw iddi edrych o'i chwmpas. Yn lle hynny, canolbwyntiodd ar ei haddewid i'w rhieni a'r drygioni mawr fyddai Iarll Olaf yn ei wneud petai ei gynllun yn llwyddo. Tynnodd ei hun gerfydd ei dwylo – un llaw yn symud uwchben y llall drwy'r amser – ond bu'n rhaid iddi oedi ambell dro, wrth i awel y nos ysgwyd y rhaff yn ei gafael. Roedd hi'n siŵr fod y deunydd ar fin rhwygo unrhyw eiliad, neu fe allai'r bachyn oedd yn dal ei phwysau syrthio'n rhydd a byddai hithau'n disgyn yn farw i'r llawr. Ond diolch i'w gallu rhyfeddol i ddyfeisio'n llwyddiannus, aeth dim o'i le, a thoc cafodd Violet fod ei llaw yn cydio mewn metel yn hytrach na rhaff o ddeunydd hen ddillad hyll. Agorodd ei llygaid a dyna lle roedd

Sunny yn edrych arni ac yn brwydro i ddweud rhywbeth. Roedd Violet wedi cyrraedd pen y tŵr, reit wrth y ffenestr lle roedd Sunny'n hongian.

Estynnodd yr hynaf o'r amddifaid Baudelaire at y cawell lle roedd Sunny'n gaeth, er mwyn gafael ynddo a dechrau dringo i lawr. Ond yn sydyn, gwelodd rywbeth a wnaeth iddi stopio, sef y bachyn siâp corryn ar ben y rhaff. Wrth ddringo, roedd Violet wedi tybio mae wedi cydio mewn carreg anwastad oedd y bachyn, neu wedi bachu ar ryw ran o'r ffenestr agored, neu ddodrefnyn yn yr ystafell ei hun, efallai. Ond nid yr un o'r rheini oedd yn dal y gafaelfach yn sownd. Roedd bachyn Violet wedi'i ddal gan fachyn arall – un o fachau'r dyn a chanddo fachau yn lle dwylo. A'r hyn wnaeth i Violet dynnu ei braich yn ôl o'r cawell oedd gweld ei fachyn arall yn dod yn syth amdani, a hwnnw'n disgleirio yng ngolau'r lleuad.

"*Dyna* braf dy fod ti wedi gallu ymuno â ni," meddai'r dyn dwylo bachau mewn llais gorfelys. Ceisiodd Violet ddianc i lawr y rhaff drachefn, ond roedd cyfaill Iarll Olaf yn rhy gyflym iddi. Gydag un plwc, tynnodd hi i mewn i ystafell y twˆr a gadawodd i'r ddyfais ar gyfer achub Sunny ddisgyn yn bendramwnwgl i'r llawr. Byddwch yn gwybod, mae'n siŵr, fod "pendramwnwgl" yma'n golygu "disgyn yn ddiseremoni a diurddas nes glanio'n un swp di-lun". Roedd Violet nawr mor gaeth â'i chwaer.

"Dw i mor falch dy fod ti yma," meddai'r dyn.

"Roedd arna i awydd gweld dy wyneb tlws, a dyma ti! Cymer gadair."

"Beth ydych chi'n mynd i'w wneud â mi?" holodd Violet.

"*Cymer gadair* ddywedais i!" sgyrnygodd y dyn dwylo bachau arni, gan ei gwthio i sedd.

Edrychodd Violet o gwmpas yr ystafell dywyll, flêr. Rwy'n siŵr eich bod chi wedi sylwi fod ystafelloedd pobl yn adlewyrchu sut rai ydyn nhw. Yn fy ystafell i, er enghraifft, dw i wedi casglu nifer o wrthrychau sy'n bwysig i mi, gan gynnwys hen acordion llychlyd y gallaf ganu ambell gân drist arno, pentwr mawr o nodiadau ar hynt a helynt yr amddifaid Baudelaire, a llun wedi pylu, a dynnwyd amser maith yn ôl, o fenyw o'r enw Beatrice. Mae'r rhain i gyd yn eitemau sy'n annwyl a gwerthfawr iawn i mi. Roedd ystafell y tŵr yn llawn eitemau oedd yn annwyl a gwerthfawr iawn i Iarll Olaf, a phethau erchyll oedden nhw i gyd. Roedd yno hen nodiadau anniben, lle roedd wedi taro'i gynlluniau drygionus ar bapur, yn bentwr blêr ar ben y copi o'r *Gyfraith ar Briodas* a gymerodd oddi ar Klaus. Roedd yno rai cadeiriau a llond llaw o ganhwyllau oedd yn taflu cysgodion ar hyd yr ystafell. Blith draphlith ar hyd y llawr gorweddai poteli gwag o win a llestri brwnt. Ond yn fwy na dim, llygaid oedd yn llenwi'r ystafell – rhai wedi'u paentio, rhai wedi'u cerfio, rhai bach, rhai mawr. Roedd lluniau llygaid ar y nenfwd, wedi'u naddu yn y llawr pren ac ar y sil ffenest. Ar ddolen y drws oedd yn arwain allan i'r landin, paentiwyd llygad anferth. Roedd e'n lle dieflig.

Estynnodd y dyn ei ddwylo bachau i boced ei got law seimllyd a thynnu teclyn siarad ohono – y math o declyn sydd fel ffôn symudol, yn galluogi pobl i siarad â'i gilydd, ond dim ond o fewn pellter gweddol agos i'w gilydd. Gyda chryn drafferth, gwasgodd fotwm ac yna arhosodd eiliad. "Bòs, fi sydd 'ma," meddai. "Mae dy briodferch dlos newydd ddringo i fyny yma i achub y babi diawl sy'n cnoi." Oedodd tra oedd Iarll Olaf yn siarad. "Wn i ddim. Rhyw fath o raff."

"Gafaelfach oedd e," meddai Violet, wrth iddi rwygo llewys ei gŵn nos i wneud clwt ar gyfer ei hysgwydd. "Fe wnes i e fy hun."

115

"Gafaelfach oedd e, medde hi," ail adroddodd y dyn dwylo bachau i mewn i'r teclyn siarad. "Wn i ddim, bòs. Ie, bòs. Ie, wrth gwrs, bòs. Rwy'n deall mai *chi* biau hi. Ie, bòs." Gwasgodd fotwm i ddod â'r sgwrs i ben, cyn troi at Violet. "Mae Iarll Olaf yn anhapus iawn â'i briodferch."

"Dw i ddim yn briodferch iddo," meddai Violet yn chwerw.

"Mi fyddi di, yn ddigon buan," meddai'r dyn dwylo bachau gan godi ei fach, fel y byddai'r rhan fwyaf o bobl yn codi bys. "Ond am nawr, rhaid imi fynd i nôl dy frawd. Bydd y tri ohonoch wedi'ch cloi yma tan iddi nosi heno." Gyda hynny, bustachodd y dyn o'r ystafell, a chlywodd Violet y drws yn cael ei gloi a sŵn ei draed yn diflannu i lawr y grisiau.

Aeth Violet draw at Sunny'n syth, gan roi ei llaw ar ei phen. Roedd arni ofn tynnu'r tâp a datod y clymau rhag ofn iddi godi gwrychyn Iarll Olaf. Bodlonodd ar rwbio'i llaw yn dyner ar gorun Sunny a sibrwd fod popeth yn iawn.

Ond wrth gwrs, doedd popeth *ddim* yn iawn. Allai pethau ddim bod llawer gwaeth. Wrth i'r dydd wawrio'n araf, pendronodd Violet – sy'n golygu ei bod hi wedi "meddwl yn ddwys a hel atgofion" – dros yr holl bethau atgas oedd wedi digwydd iddi hi a'i brawd a'i chwaer. Roedd eu rhieni wedi marw'n sydyn, ac mewn modd ofnadwy. Roedd Mrs Poe wedi prynu dillad hyll iddyn nhw. Roedden nhw wedi symud i dŷ Iarll Olaf a chael eu trin yn warthus. Roedd Mr Poe wedi gwrthod eu helpu. Yna, roedden nhw wedi darganfod fod Iarll Olaf yn ceisio dwyn eu harian drwy briodi Violet, ac er bod Klaus wedi ceisio'i herio, yn dilyn ei waith ymchwil yn llyfrau Ustus Strauss, doedd e ddim wedi llwyddo. Cafodd Sunny fach ei chipio, a nawr roedd hithau, Violet ei hun, wedi cael ei dal hefyd. Drwyddi draw, dim ond un trychineb ar ôl y llall oedd wedi dod i ran y plant Baudelaire ac roedd Violet yn gresynu'r cyfan. Mae "gresynu" yn air sy'n golygu "bod yn flin, gofidus a thrist iawn am rywbeth".

Tynnwyd Violet o'i meddyliau gan sŵn traed ar y grisiau, a thoc gwthiodd y dyn dwylo bachau Klaus i mewn ati. Gallai Violet weld fod ofn arno a'i fod yntau wedi blino ac yn ddryslyd.

"Yr amddifad olaf," meddai'r dyn. "Nawr, rhaid imi fynd i roi help llaw i Iarll Olaf gyda'r trefniadau ar gyfer perfformiad heno. Dim mwy o gastiau, chi'ch dau, neu mi fydd yn rhaid imi adael i chithau hongian drwy'r ffenestr mewn cawell hefyd." Rhythodd arnynt yn oeraidd cyn gadael, gan gloi'r drws ar ei ôl.

"Beth ddigwyddodd?" gofynnodd Klaus, gan edrych o gwmpas yr ystafell fochaidd. Roedd e'n dal yn ei byjamas. "Pam 'dyn ni fa'ma?"

"Y fi geisiodd achub Sunny," atebodd Violet, "trwy ddefnyddio dyfais wnes i ei chynllunio."

Aeth Klaus draw at y ffenestr. "Ond mae e mor uchel," meddai. "Rhaid fod llond twll o ofn arnat ti."

"Roedd e braidd yn ych a fi, rhaid cyfadde'," meddai. "Ond ddim mor ych a fi â meddwl am briodi Iarll Olaf."

"Flin gen i na wnaeth y ddyfais weithio," meddai Klaus yn drist.

"Fe weithiodd y ddyfais i'r dim," atebodd Violet, gan rwbio'i hysgwydd dost. "Fe ges i 'nal, dyna i gyd. Nawr, mae ar ben arnon ni. Yma fyddwn ni tan heno, yn ôl y dyn dwylo bachau, ac yna *Y Briodas*

Fendigedig."

"Wyt ti'n meddwl y gelli di ddyfeisio rhywbeth inni allu dianc?" gofynnodd Klaus.

"Efallai," atebodd Violet. "Ond pam nad ei di drwy'r papurau 'na? Efallai y doi di o hyd i rywbeth defnyddiol."

Am rai oriau wedyn, aeth Klaus a Violet drwy bob twll a chornel o'r ystafell a'u meddyliau, yn y gobaith o ddod o hyd i rywbeth defnyddiol. Chwilio am wrthrychau allai fod o help i ddianc oedd Violet, wrth i Klaus ddarllen drwy lyfrau a phapurau Iarll Olaf. O bryd i'w gilydd, fe fydden nhw'n mynd draw at Sunny i wenu arni a'i chysuro. Ychydig iawn o siarad a fu rhyngddyn nhw.

"Petai gyda ni *kerosene*," meddai Violet tua chanol dydd, "fe allen ni wneud coctels Molotof 'da'r poteli 'ma."

"Beth yw coctel Molotof?" gofynnodd Klaus.

"Bomiau bychan mewn poteli," eglurodd Violet. "Fe allen ni eu taflu nhw drwy'r ffenestr i ddal sylw pobl yn cerdded heibio."

"Ond does dim *kerosene* 'da ni," meddai Klaus yn

bruddglwyfus.

Bu tawelwch rhyngddyn nhw wedyn am rai oriau.

"Petaen ni'n gymdeithas sy'n amlwreica," meddai Klaus, "fydde cynllun Iarll Olaf ddim yn gweithio."

"Beth yw amlwreica?" gofynnodd Violet.

"Cael bod yn briod â mwy nag un person ar yr un pryd yw ystyr amlwreiciaeth," eglurodd Klaus. "Mae hynny'n anghyfreithlon yn ein cymdeithas ni, hyd yn oed os ydych chi'n priodi o flaen barnwr gyda'r ddogfen yn llawysgrifen y briodferch a hithau'n datgan, 'Gwnaf'. Mae e i gyd yn *Y Gyfraith ar Briodas*."

"Dyw amlwreiciaeth ddim yn gyfreithlon yma, a dyna ddiwedd arni," meddai Violet yn bruddglwyfus.

A bu tawelwch rhyngddyn nhw am sawl awr *arall*.

"Fe allen ni dorri'r poteli yn eu hanner a'u defnyddio nhw fel cyllyll," meddai Violet. "Ond rwy'n ofni y bydde criw Iarll Olaf yn gallu ein trechu ni'n hawdd."

"Fe allet ti ddweud 'Na wnaf' yn lle 'Gwnaf'" meddai Klaus, "ond rwy'n ofni y byddai Iarll Olaf yn gollwng Sunny i'r llawr wedyn."

"Dyna'n sicr beth fyddwn i'n ei wneud," meddai Iarll Olaf, a bu bron i'r plant neidio o'u crwyn. Roedden nhw wedi ymgolli cymaint yn eu sgwrs, doedden nhw ddim wedi'i glywed yn dod lan y grisiau ac yn agor y drws. Gwisgai siwt ffansi ac roedd cwyr wedi'i roi ar ei ael i wneud iddi edrych mor sgleiniog â'i lygaid. Y tu cefn iddo, safai'r dyn dwylo bachau, yn gwenu ac yn codi llaw arnynt. "Dewch, amddifaid," meddai Iarll Olaf. "Mae'r sioe fawr ar ddechrau. Bydd fy nghydymaith fan hyn yn aros yma a bydda i'n gallu cadw mewn cysylltiad ag e trwy gydol y noson. Os aiff *unrhyw beth* o gwbl o'i le yn ystod perfformiad heno, bydd eich chwaer yn cael ei gollwng i'w marwolaeth. Dewch ymlaen nawr!"

Edrychodd Violet a Klaus ar ei gilydd ac yna ar Sunny, a oedd yn dal i hongian yn y cawell. Yna, fe ddilynon nhw Olaf allan drwy'r drws ac wrth gerdded i lawr y grisiau, teimlai Klaus ei galon yn suddo wrth i bob gobaith o allu arbed y sefyllfa ei adael. Doedd dim dihangfa i'w gweld yn unman. Teimlai Violet yn union yr un fath, nes iddi estyn ei llaw dde i ddal y canllaw. Edrychodd ar ei llaw dde am eiliad, a dechreuodd feddwl. Yr holl ffordd i lawr y grisiau, a thrwy'r drws, ac ar y palmant wrth gerdded i lawr y stryd i'r theatr, roedd ei meddwl ar waith – yn gweithio'n galetach nag y gweithiodd ei meddwl erioed o'r blaen.

PENNOD
Deuddeg

Wrth i Violet a Klaus sefyll yng nghefn y llwyfan yn theatr Iarll Olaf, yn eu gŵn nos a phyjamas, roedden nhw rhwng dau feddwl – ymadrodd sydd yma'n golygu eu bod nhw'n "gweld pethau mewn dwy ffordd wahanol ar yr un pryd". Ar y naill law, roedden nhw'n llawn gofid, yn naturiol. O'r murmur lleisiau y gallen nhw eu clywed ar y llwyfan, deallai'r ddau amddifad fod y perfformiad o'r *Briodas Fendigedig* wedi dechrau, ac roedd hi'n rhy hwyr i atal drygioni Iarll Olaf. Ar y llaw arall, doedden nhw erioed wedi bod yng nghefn y llwyfan pan oedd cynhyrchiad yn cael ei berfformio o'r blaen ac

roedd cymaint i'w weld yno. Roedd aelodau criw
theatr Iarll Olaf yn rhuthro yma ac acw, yn rhy brysur
hyd yn oed i edrych ar y Baudelairiaid. Câi darn
mawr tenau o bren, a oedd wedi'i baentio i edrych fel
ystafell fyw, ei gario gan dri dyn rhyfeddol o fyr.
Roedd y ddwy fenyw â'r wynebau gwyn yn trefnu
blodau mewn ffiol a oedd yn edrych fel marmor o
bell, ond a edrychai'n debycach i gardfwrdd dim ond
ichi ddod yn nes ati. Dyn â'i wyneb yn drwch o
ddafadennau oedd yng ngofal y goleuadau.
Cymerodd y plant gipolwg ar yr hyn oedd yn mynd
ymlaen ar y llwyfan ei hun, a dyna lle roedd Iarll Olaf
yn ei siwt ffansi yn adrodd llinellau o'r ddrama wrth
i'r llenni ddisgyn yn araf. Menyw â chanddi wallt byr
iawn oedd yn gyfrifol am hynny, trwy dynnu ar raff
hir oedd yn sownd mewn pwli. Er cymaint eu gofid,
roedd dau blentyn hynaf y Baudelairiaid yn llawn
chwilfrydedd – gair sy'n golygu "llawn diddordeb ac
eisiau gwybod mwy".

Brasgamodd Iarll Olaf oddi ar y llwyfan ac edrych
ar y plant. "Mae'n ddiwedd yr Ail Act! Pam nad yw'r
amddifaid yn eu gwisgoedd?" hisiodd ar y ddwy

fenyw wyneb gwyn. Yna, wrth i'r gynulleidfa ddechrau cymeradwyo, newidiodd ei wep o gasineb i lawenydd, a cherddodd yn ôl ar y llwyfan. Amneidiodd ei fod am i'r llenni godi drachefn ac ufuddhaodd y fenyw wallt byr. Safodd yntau reit ar ganol y llwyfan yn moesymgrymu'n ddramatig, gan godi'i law a chwythu cusanau i gyfeiriad y gynulleidfa. Ond yr eiliad y daeth y llenni i lawr, roedd yn gwgu drachefn.

"Dim ond deng munud yw hyd yr egwyl," meddai, "ac yna rhaid i'r plant berfformio. Gofalwch eu bod nhw yn eu gwisgoedd – glou!"

Heb air ymhellach, cydiodd y ddwy fenyw wyneb gwyn yn Violet a Klaus gerfydd eu garddyrnau a'u cymryd i ystafell wisgo. Sgleiniai'r ystafell, er bod ynddi lawer o lwch, ac roedd drychau a goleuadau bychain ym mhobman, er mwyn eu gwneud hi'n haws i'r actorion wisgo'u colur a'u gwalltiau ffug. Roedd pobl yno'n barod, yn gweiddi ar ei gilydd ac yn chwerthin wrth newid eu gwisgoedd. Cydiodd un o'r menywod ym mreichiau Violet a'u codi uwch ei phen er mwyn diosg y gŵn nos. Taflodd ffrog les, fudr ati i'w gwisgo yn ei lle. Ar yr un pryd, tynnwyd pyjamas Klaus oddi arno gan y wraig arall, a chafodd ei roi mewn gwisg morwr lliw glas oedd yn cosi'n arw ac a wnâi iddo edrych fel crwt bach oedd prin yn gallu cerdded.

"Tydi hyn i gyd yn gyffrous, dwedwch?" daeth llais o rywle, a phan drodd y plant dyna lle roedd Ustus Strauss, yn ei mantell barnwr a'i phenwisg ffug a phowdrog. Daliai lyfr bychan yn ei llaw. "Chi'n edrych yn fendigedig, blant!"

"Chithau hefyd," meddai Klaus wrthi. "Beth yw'r llyfr 'na?"

"Mae'r llinellau sydd gen i yn y ddrama yn y llyfr hwn," atebodd. "Fe ddywedodd Iarll Olaf wrtha i am ddod ag e er mwyn darllen union eiriau'r seremoni briodas, er mwyn gwneud y cyfan mor realistig â phosibl. Y cyfan sydd raid i *chi* ddweud, Violet, yw 'Gwnaf', ond mae gen i araith go faith. 'Ma beth yw hwyl!"

"Wyddoch chi beth fyddai hyd yn oed yn fwy o hwyl?" meddai Violet yn ofalus. "Petaech chi'n newid fymryn ar eich llinellau. Newid y drefn neu rywbeth."

Goleuodd wyneb Klaus i gyd. "Ie, Ustus Strauss. Byddwch yn greadigol. Does dim angen cadw at drefn y seremoni gyfreithiol. Dyw hi ddim yn briodas go iawn, wedi'r cwbl."

Gwgodd Ustus Strauss. "Wn i ddim am hynny, blant," meddai. "Gwell dilyn gorchmynion Iarll Olaf, dw i'n meddwl. Wedi'r cwbl, ei sioe e yw hon."

"Ustus Strauss!" galwodd llais o rywle. "Ustus Strauss! Ewch i weld y dyn coluro, os gwelwch yn dda."

"Bobol bach! Rwy'n mynd i gael fy ngholuro a phopeth!" Roedd hi'n amlwg fod Ustus Strauss bron â pherlewygu; fel petai ar fin cael ei choroni'n frenhines, yn hytrach na jest cael pob math o smonach seimllyd ar ei hwyneb. "Rhaid imi fynd, blantos. Fe'ch gwelaf ar y llwyfan," meddai'n fawreddog.

Ar hynny, diflannodd, gan adael y ddau blentyn i orffen newid i'w gwisgoedd. Pan osododd un o'r menywod wyneb gwyn dorch o flodau fel penwisg am ben Violet, sylweddolodd hithau gydag arswyd mai gwisg briodas oedd y dillad amdani. Yn y cyfamser, rhoddwyd cap morwr am ben Klaus hefyd, a rhyfeddodd pa mor hyll yr edrychai. Wrth edrych arno'i hun yn y drych, sylweddolodd fod Violet yn gwneud yr un peth ac edrychodd y ddau ar ei gilydd.

"Beth wnawn ni?" gofynnodd Klaus yn dawel. "Esgus ein bod ni'n sâl? Byddai'n rhaid gohirio'r perfformiad wedyn."

"Fe fydde Olaf yn gwybod mai esgus oedden ni," atebodd Violet yn ddiflas.

"Mae Act Tri *Y Briodas Fendigedig* gan Al Ffwncwt ar fin dechrau!" gwaeddodd rhywun. "Pawb i gymryd ei le, os gwelwch yn dda!"

Rhuthrodd yr actorion am y drws gyda'r plant yn dynn wrth eu sodlau wrth i'r ddwy fenyw wyneb gwyn eu hel at gefn y llwyfan. Yno, roedd hi'n sang-di-fang – gair sydd yma'n golygu ei bod hi "fel ffair yno, gyda'r actorion a phawb arall ar ras wyllt i wneud popeth y munud olaf". Ymhlith y berw roedd y dyn moel â'r trwyn hir, a phan sylwodd ar y plant fe bwyllodd, gan edrych ar Violet yn ei gwisg briodas a chrechwenu.

"Dim o'ch castiau chi heno," meddai, gan ysgwyd bys esgyrnog i'w cyfeiriad. "Pan ewch chi allan fan'na, cofiwch wneud yn union yr hyn a ddywedwyd wrthych. Bydd gan Iarll Olaf declyn siarad yn ei law trwy gydol yr olygfa ac, os gwnewch chi *unrhyw beth* o'i le, bydd caniad ffôn yn cyrraedd Sunny, a bydd hithau'n cyrraedd y gwaelodion. Hen godwm cas fyddai un o ben y tŵr i'r llawr ..."

"Ie, ie," meddai Klaus yn chwerw. Roedd e wedi laru ar gael ei fygwth fel hyn byth a beunydd.

"Gwell ichi wneud yn gwmws fel y dywedwyd wrthych," meddai'r dyn drachefn.

"Rwy'n siŵr y gwnân nhw." Wrth glywed y llais, trodd y plant i weld Mr Poe yn sefyll yno, wedi'i wisgo'n ffurfiol iawn yr olwg, a'i wraig yn ei ymyl. Gwenodd ar y plant a daeth draw i ysgwyd llaw. "Roedd Polly a minnau am ddod tu cefn i'r llwyfan i ddweud wrthych am dorri coes."

"Beth?" oedd ymateb pryderus Klaus.

"Ymadrodd o fyd y theatr yw e," eglurodd Mr Poe. "Mae'n golygu, 'Pob lwc ar eich perfformiad heno'. Dyma braf eich gweld chi blant yn ymgartrefu gyda'ch tad newydd ac yn cymryd rhan mewn gweithgareddau teuluol."

"Mr Poe," siaradodd Klaus yn gyflym, "mae gan Violet a minnau rywbeth pwysig i'w ddweud wrthych."

"Beth?" gofynnodd Mr Poe.

"Ie, wir, beth yw e?" ailadroddodd Iarll Olaf. "Beth sydd mor bwysig fel bod yn rhaid ichi ddweud wrth Mr Poe *nawr*?"

Roedd Iarll Olaf wedi ymddangos o nunlle, a sgleiniai ei lygaid gwydrog ar y plant yn fygythiol. Gallai Violet a Klaus weld ei fod yn cario teclyn siarad mewn un llaw.

"Dim ond ein bod ni'n gwerthfawrogi popeth rydych chi wedi'i wneud droson ni, Mr Poe," meddai Klaus yn wan. "Dyna i gyd."

"Wrth gwrs! Wrth gwrs!" meddai Mr Poe, gan roi ei law yn gefnogol ar gefn y bachgen. "Wel! Mae'n well i Polly a minnau fynd yn ôl i'n seddi. Torrwch goes, y Baudelairiaid!"

"Mi fasa'n dda gen i *allu* torri coes," sibrydodd Klaus, a diflannodd Mr Poe.

"Fe wnei di'n ddigon buan," meddai Iarll Olaf, gan wthio'r ddau blentyn yn nes at y llwyfan. Roedd actorion eraill yn prysur gamu i'w safleoedd cywir ar gyfer Act Tri, a draw ar ei phen ei hun mewn cornel, roedd Ustus Strauss yn ymarfer ei llinellau. Edrychodd Klaus o'i gwmpas gan dybio a oedd unrhyw un wrth law a allai eu helpu. Cydiodd y dyn tal ynddo gerfydd ei law a'i arwain i'r ochr.

"Fe safwn ni'n dau *fan hyn* drwy gydol yr act gyfan. Mae hynny'n golygu drwy'r act i gyd."

"Rwy'n *gwybod* beth yw ystyr 'trwy gydol yr act gyfan'," meddai Klaus.

"Dim nonsens," rhybuddiodd y dyn. Gwyliai Klaus ei chwaer yn sefyll wrth ymyl Iarll Olaf yn ei gŵn briodas wrth i'r llenni godi. Clywodd gymeradwyaeth y gynulleidfa wrth i Act Tri *Y Briodas Fendigedig* ddechrau.

Fydd e o ddim diddordeb i chi glywed beth ddigwyddodd yn y ddrama ddiflas, ddwl a ffôl hon gan Al Ffwncwt, achos drama sâl drybeilig oedd hi – mae'r gair "trybeilig" yma'n golygu ei bod hi'n "eithafol o sâl a thu hwnt i bob achubiaeth". Perfformiodd nifer o actorion ac actoresau ddeialogau cwbl ddi-fflach ac fe symudon nhw o gwmpas y set, wrth i Klaus geisio edrych ym myw llygaid pob un i weld a fyddai un ohonyn nhw'n fodlon helpu.

Sylweddolodd yn fuan iawn mai'r unig reswm dros ddewis y ddrama hon oedd galluogi Olaf i ddilyn ei gynllun dieflig, nid am ei bod hi'n ddrama ddifyr o gwbl. Gallai Klaus glywed y gynulleidfa'n anesmwytho yn eu seddi. Ceisiodd weld a oedd rhywun wedi sylwi eto fod rhywbeth yn od ynglŷn â'r ddrama hon, ond roedd dyn y goleuadau – yr un â'r dafadennau ar hyd ei wyneb – wedi gosod y goleuadau fel nad oedd modd gweld wynebau neb o'r dorf.

Roedd gan Iarll Olaf nifer o areithiau hirwyntog – gair sy'n golygu "maith a diflas ar y naw" – a pherfformiodd nhw gyda phob math o ystumiau rhwysgfawr. Doedd neb fel petaen nhw'n sylwi ar y ffaith fod ganddo declyn siarad yn ei law trwy gydol yr act.

O'r diwedd, dechreuodd Ustus Strauss ar ei haraith, a gallai Klaus weld ei bod hi'n darllen yn syth o'r llyfr. Roedd ei llygaid yn pefrio a'i bochau'n goch wrth iddi berfformio ar lwyfan am y tro cyntaf, wedi gwirioni gormod ar fod yn seren yn y theatr i sylweddoli ei bod hi'n rhan o gynllun dieflig Olaf. Paldaruodd yn ddiddiwedd, gan ddweud fod Olaf a Violet yn annwyl i'w gilydd, yn glaf ac yn iach, er gwell er gwaeth, a'r holl bethau eraill hynny sy'n cael eu dweud pan fydd dau, am ba bynnag reswm, yn penderfynu priodi.

Ar ddiwedd yr araith, trodd at Iarll Olaf a gofynnodd, "A gymeri di'r fenyw hon i fod yn wraig briod gyfreithlon i ti?"

"Gwnaf," meddai Iarll Olaf gan wenu. Gwelodd Klaus ei chwaer yn gwingo.

"A gymeri *di*," aeth Ustus Strauss yn ei blaen, gan droi at Violet, "y dyn hwn i fod yn ŵr priod cyfreithlon i ti?"

"Gwnaf," atebodd Violet. Caeodd dyrnau Klaus yn glep. Roedd ei chwaer wedi dweud 'Gwnaf' o flaen y barnwr. Pan fyddai hi'n llofnodi'r ddogfen swyddogol fe fyddai'r briodas yn gyfreithiol ddilys. A nawr, gallai Klaus weld fod Ustus Strauss yn cymryd y ddogfen oddi wrth un o'r actorion eraill a'i dal o flaen Violet iddi hi ei llofnodi.

"Paid â symud yr un blewyn," sibrydiodd y dyn

moel yng nghlust Klaus, a meddyliodd Klaus am Sunny druan, yn dal i hongian o ben y twr. Safodd yn stond gan wylio Violet yn cymryd ysgrifbin pluen hir o law Iarll Olaf. Roedd llygaid Violet led y pen ar agor wrth iddi edrych i lawr ar y ddogfen, ei hwyneb yn wyn fel y galchen, a'i llaw chwith yn crynu wrth iddi daro'i henw ar y gwaelod.

PENNOD
Tri ar ddeg

"A nawr, foneddigion a boneddigesau," meddai Iarll
Olaf, gan gamu ymlaen i annerch y dorf, "mae gen i
gyhoeddiad i'w wneud. Does dim pwrpas parhau
gyda pherfformiad heno, achos mae'r rheswm drosto
drosodd. Nid golygfa o ffuglen oedd hon. Mae
'mhriodas i â Violet yn gwbl gyfreithlon, a fi sydd
nawr yn rheoli ei ffortiwn oll."

Ochneidiodd sawl un yn y gynulleidfa, ac
edrychodd rhai o'r actorion ar ei gilydd mewn sioc.

Doedd pawb, mae'n amlwg, ddim wedi cael gwybod am gynllun Olaf. "All hyn ddim bod!" gwaeddodd Ustus Strauss.

"Mae'r deddfau sy'n rheoli priodas yn ein cymdeithas ni yn ddigon syml," meddai Iarll Olaf. "Rhaid i'r briodferch ddweud 'Gwnaf' o flaen barnwr, fel chi, a llofnodi dogfen eglurhaol. Ac mae pob un ohonoch ...", lledodd Iarll Olaf ei freichiau i gyfeiriad y gynulleidfa ar y pwynt hwn, "... yn dystion."

"Ond dim ond plentyn yw Violet!" meddai un o'r actorion. "'Dyw hi ddim yn ddigon hen i briodi."

"Mae hi, yn ôl y gyfraith, os yw ei gwarchodwr yn cytuno i hynny," meddai Iarll Olaf. "Ac nid yn unig ydw i'n ŵr priod iddi, y fi hefyd yw ei gwarchodwr cyfreithiol."

"Ond dyw'r darn papur yna ddim yn ddogfen swyddogol!" meddai Ustus Strauss. "Dim ond prop ar gyfer y ddrama yw e!"

Cymerodd Iarll Olaf y papur o ddwylo Violet a'i roi i Ustus Strauss. "Rwy'n meddwl, os edrychwch chi arno'n ofalus, y gwelwch chi ei bod hi'n ddogfen swyddogol o Neuadd y Ddinas."

Cydiodd Ustus Strauss yn y ddogfen a darllenodd hi'n frysiog. Yna caeodd ei llygaid, gan roi ochenaid ddofn, a chrychu ei thalcen wrth feddwl yn galed. Edrychodd Klaus arni a thybiodd mai dyma'r olwg oedd ar ei hwyneb pan fyddai'n gwasanaethu yn yr Uchel Lys.

"Rydych chi yn llygad eich lle," dyfarnodd o'r diwedd. "Mae'r briodas hon, yn anffodus, yn gwbl gyfreithlon. Fe ddywedodd Violet 'Gwnaf,' a llofnodi'r papur trwy daro'i henw fan hyn. Y chi, Iarll Olaf, yw gŵr Violet, ac felly y chi sy'n rheoli'r ystad."

"All hynny ddim bod!" cododd llais o'r gynulleidfa, a gwyddai Klaus yn syth mai llais Mr Poe oedd e. Rhedodd hwnnw i fyny'r grisiau i'r llwyfan a chipiodd y ddogfen o law Ustus Strauss. "Mae hyn yn ddwli llwyr."

"Rwy'n ofni fod y dwli llwyr hwn yn ddeddf gwlad," meddai Ustus Strauss. Roedd ei llygaid yn llawn dagrau. "Alla i ddim credu mor hawdd y ces i fy nhwyllo," aeth yn ei blaen. "Wnawn i byth ddim byd

137

i roi loes i chi blant. *Byth*."

"Mater hawdd *iawn* oedd eich twyllo chi, mae'n rhaid dweud," meddai Iarll Olaf gan wenu, a dechreuodd y barnwr grio. "Chwarae plant oedd ennill y ffortiwn hon. Nawr, rhaid ichi i gyd fy esgusodi, ond mae fy mhriodferch a minnau am ei throi hi am adre."

"Rhaid ichi adael Sunny'n rhydd i ddechrau!" bloeddiodd Klaus. "Dyna addawoch chi. Rhyddhau Sunny yn syth ar ôl y seremoni."

"Ie, ble mae Sunny?" gofynnodd Mr Poe.

"Mae'r ateb i hynny yn hongian yn yr awyr, braidd," meddai Iarll Olaf. "Ond rhaid ichi faddau imi! Hen jôc sâl." Sgleiniai ei lygaid wrth iddo wasgu botymau ar ei declyn siarad ac arhosodd i'r dyn dwylo bachau ateb yr alwad. "Hylô? Ie, wrth gwrs taw fi sydd yma, y ffwlbart gwirion. Mae popeth wedi mynd fel wats. Rhyddha Sunny o'r cawell a thyrd â hi yma i'r theatr. Mae gan Klaus a Sunny sawl jobyn i'w gyflawni cyn mynd i'r gwely heno." Yna, edrychodd yn filain ar Klaus. "Hapus nawr?" gofynnodd.

"Ydw," meddai Klaus yn dawel. Doedd e ddim yn

hapus o gwbl, wrth gwrs, ond o leiaf doedd ei chwaer fach ddim yn gaeth yn y cawell nawr, nac yn hongian o dŵr.

"Paid â meddwl dy fod ti'n ddiogel," sibrydodd y dyn moel wrth Klaus. "Fe fydd Iarll Olaf yn setlo dy gownt di a Sunny yn nes ymlaen. Dyw e ddim am wneud hynny yma, o flaen yr holl bobl 'ma." Doedd dim angen iddo egluro beth oedd "setlo cownt" yn ei olygu. Fe wyddai Klaus yn iawn.

"Wel! Dw i ddim yn hapus *o gwbl*," meddai Mr Poe. "Mae hyn yn ofnadwy. Mae'n gwbl arswydus. Mae'n ariannol drychinebus."

"Serch hyn i gyd, fodd bynnag," meddai Iarll Olaf, "mae'n gwbl gyfreithlon. Yfory, Mr Poe, byddaf yn ymweld â'ch banc i dynnu holl arian y Baudelairiaid oddi yno."

Agorodd Mr Poe ei geg i ddweud rhywbeth, ond yr unig beth ddaeth allan oedd pesychiad. Bu'n pesychu am rai eiliadau. Tynnodd hances o'i boced ac arhosodd pawb yn dawel gan aros i weld beth oedd ganddo i'w ddweud nesaf. "Wna i mo'i ganiatáu e," llwyddodd i ddweud o'r diwedd, gan sychu ei geg.

"Wna i mo'i ganiatáu e ar unrhyw gyfrif."

"Bydd yn rhaid ichi," atebodd Iarll Olaf.

"Mae Olaf yn iawn, gwaetha'r modd," meddai Ustus Strauss trwy ei dagrau. "Mae'r briodas hon yn gyfreithlon."

"Mae'n flin gen i anghytuno," meddai Violet yn sydyn, "ond rwy'n meddwl efallai eich bod chi'n anghywir."

Roedd llygaid pawb ar yr hynaf o'r amddifaid Baudelaire.

"Beth ddywedaist ti, Iarlles?" meddai Olaf.

"Dw i *ddim* yn Iarlles," meddai Violet yn chwyrn – gair sydd yma'n golygu "mewn llais cras a chas". "O leiaf, dw i ddim yn *credu* 'mod i."

"A sut hynny?" gofynnodd Iarll Olaf.

"Wnes i ddim llofnodi'r ddogfen yn fy llawysgrifen arferol fy hun, fel y mae'r gyfraith yn ei fynnu," meddai Violet.

"Wrth gwrs fe wnest ti! Fe welodd pawb hynny!" Roedd Iarll Olaf yn dechrau colli ei limpin a chododd ei ael yn fygythiol.

"Mae arna i ofn fod dy ŵr yn dweud y gwir,"

meddai Ustus Strauss yn drist. "Waeth inni wynebu hynny. Mae gormod o dystion."

"Fel y rhan fwyaf o bobl, rwy'n berson llaw dde. Ond gyda'n llaw chwith wnes i daro'n enw ar y ddogfen."

"*Beth?*" bloeddiodd Iarll Olaf. Tynnodd y darn papur o law Ustus Strauss i edrych arno. Roedd ei lygaid yn sgleiniog iawn. "*Celwyddgi!*" hisiodd ar Violet.

"Na, dyw hi ddim," meddai Klaus yn gyffrous. "Ei llaw chwith ddefnyddiodd hi. Rwy'n cofio gweld y llaw honno'n crynu wrth ysgrifennu."

"Amhosibl i'w brofi," oedd ymateb Iarll Olaf.

"Rwy'n fwy na hapus i dorri fy enw eto, ar ddarn arall o bapur, gyda fy llaw dde ac yna gyda fy llaw chwith. Yna, fe allwch chi weld pa lofnod sy'n edrych yn debycach i'r un ar y ddogfen."

"Manylyn yw hynny," meddai Olaf. "Pa wahaniaeth pa law a ddefnyddiwyd?"

"Os nad oes ots 'da chi, syr," cynigiodd Mr Poe, "fe hoffwn i ofyn i Ustus Strauss i dorri'r ddadl."

Edrychodd pawb ar Ustus Strauss a hithau'n

sychu'r olaf o'i dagrau. "Gadewch imi weld," meddai'n gyflym, gan gau ei llygaid drachefn. Ochneidiodd yn ddwys a daliodd y plant Baudelaire, a phawb oedd yn hoff ohonynt, eu gwynt wrth i Ustus Strauss grychu ei thalcen a meddwl yn galed. O'r diwedd, gwenodd. "Os mai merch law dde yw Violet," meddai'n bwyllog, "yna mae'n dilyn nad yw wedi cwrdd â gofynion y gyfraith ar briodas os mai ei llaw chwith a ddefnyddiodd i arwyddo. Mae'r gyfraith yn dweud yn glir bod angen i'r llofnod fod yn llawysgrifen *arferol* y briodferch. Felly, gallwn farnu nad yw'r briodas hon yn ddilys. Violet, dwyt ti *ddim* yn iarlles, ac Iarll Olaf, *nid* chi sy'n rheoli arian y Baudelairiaid."

"Hwrê!" bloeddiodd llais o'r dorf a churodd sawl un ei ddwylo. Os nad ydych chi'n gyfreithiwr, efallai y byddwch chi'n meddwl ei bod yn rhyfedd iawn i ddrygioni Iarll Olaf gael ei drechu yn y diwedd gan y ffaith fod Violet wedi defnyddio ei llaw chwith yn lle ei llaw dde. Ond mae'r gyfraith yn gallu bod yn rhyfedd iawn. Er enghraifft, mae gan un wlad yn Ewrop ddeddf sy'n dweud fod yn rhaid i bob pobydd werthu ei fara am yr un pris. Mae cyfraith un ynys yn gwahardd cymryd y ffrwythau sy'n tyfu yno oddi ar yr ynys. Ac mae gan dref yn eich ymyl chi ddeddf sy'n fy ngwahardd i rhag mynd o fewn pum milltir iddi. Petai Violet wedi llofnodi gyda'i llaw dde byddai wedi bod yn iarlles anhapus ond, am iddi ysgrifennu â'i llaw chwith, roedd hi'n parhau'n amddifad anhapus.

Roedd hynny'n newyddion da iddi hi a'i brawd a'i chwaer, ond yn newyddion drwg i Iarll Olaf. Serch hynny, rhoddodd wên i bawb. "Os felly," meddai Iarll Olaf wrth Violet, a chan wasgu botwm ar ei declyn siarad, "bydd yn rhaid iti fy mhriodi i eto, a'i wneud e'n iawn y tro hwn, neu ..."

"Neeepo!" Canodd llais cyfarwydd Sunny ar draws Iarll Olaf wrth iddi gropian ar draws y llwyfan at ei brawd a'i chwaer. Yn ei dilyn roedd y dyn â'r dwylo bachau yn chwarae â'i declyn. Roedd Iarll Olaf yn rhy hwyr.

"Sunny! Ti'n ddiogel!" Ochneidiodd Klaus a'i chofleidio hi. Rhuthrodd Violet draw atynt a mawr fu'r ffws wnaeth y ddau hŷn o'u chwaer fach.

"All rhywun ddod â bwyd iddi," meddai Violet. "Rhaid ei bod hi'n llwgu ar ôl hongian mewn cawell o ffenestr twr am ddiwrnod a hanner."

"Cacen!" meddai Sunny'n glir.

"*Ych a fi!*" rhuodd Iarll Olaf. Brasgamodd yn ôl a blaen fel anifail mewn cawell, gan oedi am eiliad i godi bys at Violet. "Efallai nad wyt ti'n wraig imi wedi'r cwbl," meddai, "ond rwy ti'n dal yn ferch imi, ac rwy'n mynnu …"

"Ydych chi'n meddwl o ddifri," torrodd Mr Poe ar ei draws yn ddiamynedd, "fy mod i'n mynd i ganiatáu ichi barhau i edrych ar ôl y plant hyn?"

"I fi mae'r amddifaid yn perthyn," mynnodd Iarll Olaf, "a chyda fi y maen nhw'n mynd i barhau i fyw. Does dim byd anghyfreithlon mewn ceisio priodi rhywun."

"Ond *mae* hongian babi mewn cawell o ffenestr uchel yn hynod anghyfreithlon," meddai Ustus Strauss yn bendant. "Fe gewch chi, Iarll Olaf, eich danfon i'r carchar ac fe ddaw'r tri phlentyn i fyw ata i."

"Arestiwch e!" galwodd rhywun o'r dorf.

"I'r carchar ag e ar ei ben!" ychwanegodd un arall.

"Dyn drwg yw e!"

"Ac rwy am fy arian 'nôl! Doedd y ddrama ddim gwerth taten!"

Cydiodd Mr Poe ym mraich Iarll Olaf, ac ar ôl ffrwydrad byr o besychu, cyhoeddodd mewn llais cras, "Rwy'n eich arestio chi yn enw'r gyfraith."

"O, Ustus Strauss!" meddai Violet. "Oeddech chi wir yn ei feddwl e? Gawn ni ddod atoch chi i fyw?"

"Wrth gwrs y cewch chi," atebodd hithau. "Rwy'n hoff iawn ohonoch chi blant ac rwy'n teimlo'n gyfrifol am eich lles chi."

"Allwn ni ddefnyddio'ch llyfrgell chi bob dydd?" gofynnodd Klaus.

"Gawn ni weithio yn yr ardd?" gofynnodd Violet.

"Cacen!" sgrechiodd Sunny, a chwarddodd pawb ar hynny.

Rhaid imi dorri ar draws y stori fan hyn, achos rwy'n teimlo y dylwn i roi un rhybudd olaf ichi. Fe ddywedais i reit ar y dechrau, os cofiwch chi, nad oes diwedd hapus i'r llyfr sydd yn eich dwylo ar hyn o bryd. Efallai eich bod chi'n meddwl ar y funud hon fod Iarll Olaf ar fin mynd i'r carchar a bod y tri phlentyn Baudelaire am fyw'n hapus byth bythoedd mwy gydag Ustus Strauss, ond nid felly y bydd hi. Os hoffech chi, gallwch gau'r llyfr yn glep fan hyn, yn hytrach na darllen y diweddglo anhapus sydd i ddilyn. Gallwch dreulio gweddill eich oes yn credu i'r Baudelairiaid drechu Iarll Olaf a bwrw gweddill eu bywydau yn nhŷ a gardd Ustus Strauss, ond nid dyna rediad y stori go iawn. Oherwydd, tra oedd pawb yn chwerthin dros alwad Sunny am gacen, roedd y dyn pwysig gyda'r dafadennau ar ei wyneb yn sleifio draw at y panel rheoli oedd yn gweithio'r goleuadau yn y theatr.

O fewn chwinciad, roedd wedi gwasgu'r switsh i ddiffodd yr holl oleuadau a chafodd pawb eu gadael yn y tywyllwch. Roedd hi'n sang-di-fang yno. Pobl yn rhedeg y ffordd hyn a'r ffordd arall a phawb yn gweiddi ar ei gilydd. Baglodd actorion dros aelodau o'r gynulleidfa. Baglodd aelodau o'r gynulleidfa dros rai o'r props ar y llwyfan. Gafaelodd Mr Poe yn dynn yn ei wraig, gan gredu mai Iarll Olaf oedd hi. Daliodd Klaus yn dynn yn Sunny, i wneud yn siŵr na châi hi niwed. Ond gwyddai Violet yn iawn beth oedd wedi digwydd a dechreuodd wneud ei ffordd yn ofalus iawn draw at y panel rheoli. Yn gynharach, roedd hi wedi bod yn gwylio'n ofalus i ddysgu sut roedd y goleuadau'n gweithio. Yn wir, ochr dechnegol y gwaith a welodd yn y theatr oedd wedi bod orau ganddi, ac roedd hi'n awyddus i gofio cymaint o fanylion ag y gallai, rhag ofn y bydden nhw'n ddefnyddiol iddi gyda'i dyfeisiadau yn y dyfodol. Dim ond iddi ddod o hyd i'r switsh cywir, teimlai'n siŵr y gallai gynnau'r golau eto.

Gyda'i breichiau wedi eu hymestyn o'i blaen, fel petai'n ddall, camodd Violet yn araf ar draws y llwyfan, gan osgoi'r celfi ac ambell actor. Yn y tywyllwch, edrychai fel ysbryd yn ei ffrog briodas wen. Yna, fel roedd hi ar fin cyrraedd y switsh, teimlodd law yn disgyn ar ei hysgwydd a phlygodd rhywun drosti i sibrwd.

"Fe gaf i 'nwylo ar yr arian os taw dyna'r peth olaf wna i." Gallai Violet glywed y llais yn hisian yn ei chlust. "A phan fydda i wedi llwyddo, fe wna i dy ladd di a dy frawd a dy chwaer gyda fy nwylo fy hunan."

Gollyngodd Violet sgrech fach o fraw, ond rhoddodd fflic i'r switsh. Cafodd y theatr i gyd ei goleuo'n llachar. Dallwyd pawb am eiliad, ac yna edrychodd pawb o'u cwmpas. Y peth cyntaf wnaeth Mr Poe oedd gollwng gafael ar ei wraig. Y peth cyntaf wnaeth Klaus oedd rhoi Sunny i lawr. Ond doedd neb ar gyfyl Violet. Roedd Iarll Olaf wedi dianc.

"Ble aeth e?" gwaeddodd Mr Poe. "I ble aethon nhw *i gyd*?"

Edrychodd y plant Baudelaire o'u cwmpas. Nid Olaf yn unig oedd wedi diflannu. Roedd y criw o ffrindiau oedd wedi rhannu ei gynlluniau drwg hefyd wedi mynd – y dyn â'r wyneb llawn dafadennau, y dyn dwylo bachau, y dyn moel â'r trwyn hir, y person anferth nad oedd neb yn siŵr a oedd e'n ddyn neu'n fenyw a'r ddwy fenyw gyda'r wynebau gwyn.

"Rhaid eu bod nhw wedi rhedeg allan," meddai Klaus, "pan oedd hi'n ddu fel y fagddu yma."

Mr Poe oedd y cyntaf allan trwy ddrws y theatr, gydag Ustus Strauss a'r plant wrth ei gwt. Ymhell bell i lawr y stryd gallent weld car hir du yn gyrru ymaith i'r nos. Efallai mai Iarll Olaf a'i griw oedd ynddo. Efallai ddim. Y naill ffordd neu'r llall, aeth y cerbyd rownd cornel yn y pellter draw a diflannu i'r ddinas dywyll, gyda'r plant yn gwylio heb ddweud gair.

"Hen dro," meddai Mr Poe. "Maen nhw wedi mynd. Ond peidiwch â phoeni blant, fe gân nhw'u dal. Rwy'n mynd i alw'r heddlu ar unwaith."

Edrychodd Violet, Klaus a Sunny ar ei gilydd gan wybod nad oedd cael gwared ar Iarll Olaf yn mynd i fod mor hawdd â hynny. Byddai'n siŵr o gadw o'r ffordd am sbel, yn cynllunio'i gam nesaf. Roedd Iarll Olaf yn rhy glyfar o lawer i gael ei ddal gan ddyn tebyg i Mr Poe.

"Wel, gadewch inni fynd adre, blant," meddai Ustus Strauss. "Bydd digon o amser i boeni am hyn yn y bore ar ôl imi wneud brecwast da ar eich cyfer."

Pesychodd Mr Poe, ei lygaid yn syllu i lawr ar y stryd. "Un funud fach," meddai. "Alla i ddim gadael i chi blant gael eich magu gan rywun nad yw'n perthyn ichi."

"Beth?" gwaeddodd Violet. "Ar ôl popeth mae

Ustus Strauss wedi'i wneud drosom?"

"Hebddi hi a'i llyfrgell fydden ni byth wedi gweld trwy gynllun Iarll Olaf," meddai Klaus. "Hebddi hi, fe fydden ni wedi cael ein lladd."

"Boed hynny fel y bo," meddai Mr Poe, "ac rwy'n ddiolchgar i Ustus Strauss am ei haelioni, ond mae ewyllys eich rhieni'n bendant iawn. Dim ond perthnasau all eich mabwysiadu chi. Fe gewch gysgu yn fy nhŷ i heno, ac yn y bore fe af i'r banc i weld beth allwn ni ei wneud. Mae'n flin gen i, ond dyna sut y mae."

Edrychodd y plant ar Ustus Strauss ac ochneidiodd hithau'n uchel, gan roi cwtsh i bob un o'r tri yn ei dro. "Mae Mr Poe'n iawn," cytunodd yn drist. "Rhaid parchu dymuniadau eich rhieni."

Meddyliodd Violet, Klaus a Sunny am eu rhieni ac yn fwy nag erioed byddai wedi bod yn dda ganddynt petai'r tân heb ddigwydd. Doedden nhw erioed, erioed wedi teimlo mor unig. Roedden nhw'n ysu am gael byw gyda'r fenyw garedig hon. Ond fe wydden nhw nad oedd hynny'n bosibl. "Chi sy'n iawn, mae'n siŵr, Ustus Strauss," meddai Violet o'r diwedd. "Fe fyddwn ni'n gweld eich colli chi'n ofnadwy."

"Fe fydda i'n gweld eich colli chi hefyd," meddai hithau a llanwodd ei llygaid unwaith eto. Yna cofleidiodd y plant hi am y tro olaf cyn dilyn Mr a Mrs Poe i'w car. Aeth yr amddifaid i'r sedd gefn, a rhythodd y tri drwy'r ffenestr gefn ar Ustus Strauss oedd yn crio ac yn codi llaw arnynt. O'u blaen, roedd y strydoedd tywyll lle roedd Iarll Olaf wedi dianc er mwyn cynllunio mwy o ddrygioni. Y tu cefn iddynt, roedd y barnwr caredig oedd wedi cymryd cymaint o ddiddordeb ynddyn nhw. I Violet, Klaus a Sunny, roedd hi'n amlwg fod Mr Poe a'r gyfraith wedi cymryd y penderfyniad anghywir trwy eu cymryd o fywyd lle y gallen nhw fod yn hapus, i fywyd o ddyn a ŵyr beth. Fedren nhw ddim deall y peth o gwbl, ond fel sy'n wir gyda llawer o ddigwyddiadau anffodus mewn bywyd, dyw'r ffaith nad ydych chi'n deall ddim yn golygu nad felly y mae. Closiodd y plant Baudelaire at ei gilydd i gadw'n gynnes ac roedden nhw'n dal i chwifio'u dwylo drwy'r ffenestr gefn. Aeth y car ymhellach ac ymhellach o ardal y theatr, nes yn y diwedd doedd Ustus Strauss yn ddim ond smotyn yn y tywyllwch. Credai'r plant i sicrwydd fod y cyfeiriad roedden nhw'n teithio iddo nawr yn gyfeiliornus – gair sydd yma'n golygu fod y cyfeiriad yn "hynod, hynod anghywir ac yn debyg o achosi llawer iawn o loes".

Y BRIODAS
FENDIGEDIG

153

Ganed LEMONY SNICKET mewn tref fechan lle roedd y trigolion yn amheus ac yn tueddu i godi reiat. Mae e bellach yn byw yn y ddinas. Yn ei amser hamdden mae'n casglu tystiolaeth ac ystyrir ef yn gryn arbenigwr gan awdurdodau blaenllaw.

Ganed BRETT HELQUIST yn Ganado, Arizona, a chafodd ei fagu yn Orem, Utah. Efrog Newydd yw ei gartref erbyn hyn. Ers iddo raddio mewn celfyddyd gain o Brifysgol Brigham Young, bu'n darlunio llyfrau. Ymddangosodd ei waith mewn cylchgronau fel *Cricket* a'r *New York Times*.

At Fy Ngolygydd Caredig,

Ysgrifennaf atoch o gangen Caerdydd o'r Gymdeithas Herpetolegol, lle rwy'n ceisio darganfod beth fu hanes casgliad Dr Maldwyn Maldwyn o ymlusgiaid yn dilyn y digwyddiadau trist a ddigwyddodd tra oedd yr amddifaid Baudelaire dan ei ofal.

Bydd cydymaith imi'n gadael bocs bychan, sy'n dal dŵr, ym mlwch ffôn Gwesty'r Elektra am 11 p.m. ddydd Mawrth nesaf. Ewch i'w nôl cyn canol nos, os gwelwch yn dda, rhag ofn iddo gyrraedd y dwylo anghywir. Yn y bocs cewch ddisgrifiad o'r digwyddiadau erchyll hyn, o dan y teitl YSTAFELL YR YMLUSGIAID, ynghyd â map o Lôn Chwain, copi o'r ffilm *Zombis yn yr Eira*, a rysáit Dr Maldwyn ar gyfer cacen hufen cnau coco. Llwyddais hefyd i ddod o hyd i lun prin o Dr Lwcaffont, i helpu Mr Helquist gyda'i waith darlunio.

Cofiwch, hwn yw fy nghyfle olaf i allu dod â hanes yr amddifaid Baudelaire i sylw'r cyhoedd.

Gyda phob dyledus barch,

Lemony Snicket